JN318709

猫の国へようこそ

杉原理生

幻冬舎ルチル文庫

CONTENTS ✦目次✦ 猫の国へようこそ

猫の国へようこそ……5
あとがき……281

✦カバーデザイン= Chiaki-k（コガモデザイン）
✦ブックデザイン=まるか工房

イラスト・テクノサマタ✦

猫の国へようこそ

一章

猫は長生きしすぎると化け猫になるって知ってる？

誰かが問いかけていた記憶がある。「化け猫になってもいいから、そばにいてほしいな」と――そういいながら手触りのいい毛並みをなでたのは自分だったのか。それともなでられたのが自分だったのか。

記憶がはっきりとしない。蝶が羽化するまでに蛹《さなぎ》のなかでどろどろになるように、意識がミキサーにかけられたみたいに混濁している。

黒猫と戯れている、伏し目がちな儚《はかな》げな少年。そんな一枚の絵が思い浮かぶ。いったいどちらの立場でそれを見ていたのか。

「化け猫になれますように」と必死に毎日お願いをしたのは、淋《さび》しい目をした少年のそばにいたかったからなのか。いや、違う。いとしい気持ちで猫を見ていたような記憶もある。じっと見上げてくる黒猫がかわいくて……。

視点がさだまらない。少年なのか、猫なのか。

夢と現《うつつ》のあいだをふわふわと漂いながら、「ん……」と寝返りを打ったとき、耳もとに囁《ささや》き声が聞こえてきた。

「……動いた。起きたのかな？」

「動いたね。生きてる！」

「馬鹿。生きてるに決まってる。紀理《きり》様は目覚めたら教えろといったんだから」

小さな子どもたちがそばで話しているようだった。幼い男の子たち。騒がしいけれども、なぜか心地よい響きだった。

自分がくるまれているのは、ふかふかの寝心地の布団。洗いたての敷布の匂いがする。

いじめっ子でなければ、子どもは好きだった。大人よりは信用できる。野良でさまよっていたとき、追いかけ回したりする子もいれば、「おいで」とやさしくなでて餌《えさ》をくれた子もいたから。

「ねえ、秋生《あきお》。きっとお腹《なか》がすいてるよね。なにか食べさせてあげなきゃ。僕の好きな猫又《ねこまた》堂《どう》のおまんじゅうはどうかな？　今、限定の新作の芋《いも》あんをやってるんだ。貼り紙を見た」

「馬鹿、夏来《なつき》。おまえ自分が食べたいだけだろ。紀理様に教えるのが先だ」

かわいらしいことをいっている……と、思わず噴きだしてしまいそうになった。

いま、ここは安全——目覚めても大丈夫。追いかけ回したり、石を投げつけてくる相手はいない。

目を覚まして、自分を覗《のぞ》き込んでいるであろう子どもたちを見上げようとした。人間の子どもにこうやってかまわれるのは、初めての経験ではない。

きっと大きな目をきらきらとさせて、拾ってきた猫の自分を見つめていて……。

「わ、起きた！」

目を開いて、最初に瞳に映ったものを見たとき、やはり予想どおりだった――と初めは思った。

人間の男の子がふたり、布団に身を乗りだして、好奇心に満ちた目を自分に向けている。

しかし、すぐに尋常ではない事実に気づいた。彼らは普通の子どもではなかったのだ。

男の子たちの頭には、ぴんと尖《とが》った猫耳が生えていた。頬をピンク色に上気させて「わあ、起きた起きた」と笑顔を見せている、茶色のふわふわの髪をした男の子と、「紀理様にお伝えしなくては」とどこか大人っぽい表情を見せて立ち上がる、さらりとした黒髪の男の子。ふたりとも良家の坊ちゃんみたいにかわいらしい蝶ネクタイをしめて、サスペンダーつきの半ズボンをはいている。

自分が寝かされているのは、綺麗に整えられた広い和室だった。「夏来、あとは頼んだぞ」と出ていく男の子の半ズボンの腰には猫のような尻尾《しっぽ》が見えていた。

いや、猫耳も尻尾も自分には馴染《なじ》みのあるものだけれども……。

ひょっとして、まだ夢のなかだったのか。目をぱちくりとさせていると、夏来と呼ばれた男の子がにっこりと綿飴《わたあめ》みたいなやわらかい笑顔を向けてきた。

「待っててね。いま秋生が紀理様を連れてきたら、お願いしておまんじゅうを買ってきてあげるから。きっと好きだよね？　猫又堂の新作なんだよ」

子どもが甘いものを好きなのは知っている。白いクリームたっぷりの苺《いちご》ケーキとか狐色のクッキーとかふわふわのマフィンとか。だが、こちらは猫なので、実は人間が喜ぶ甘味はほとんど舌で感じとれない。困ったな——と思いながら、さらに奇妙なことに気づいた。

男の子が小さく見えるのだ。遠近感がおかしい。どんなに子どもでも、自分より小さく見えるなんてことはないのに……。

「紀理様！　早く！」

ほどなく襖《ふすま》が開いて、先ほどの男の子——秋生が戻ってきた。その後ろにひとりの男が続けて部屋に入ってくる。

子どもたちは洋装だったが、紀理と呼ばれている男は和服姿だった。彫りの深い、西洋的な貴公子のような風貌なのに、不思議と暗い藍《あい》色の長着《ながぎ》と角帯の着流しがよく似合っている。肩にかかるさらさらとした栗《くり》色の髪と、光の加減で青みがかっているようにも見える薄い色の目が印象的で、人間年齢でいうならば、おそらく二十代前半。男には猫耳も尻尾も見えなかった。子どもたちの話しぶりからして、この家の主人なのだろう。

布団から身を起こしながら、さらなる違和感に気づく。いや、初めから妙な感覚はあったのだが、猫耳少年に驚いていたせいで突き詰めて考えられなかったのだ。自分のからだが重く、まるで人間みたいに着物を着せられていて……。

「……に……にゃあ?」

口から漏れた第一声に、自ら凍りつく。なんだか鳴き声がおかしい。

男の驚いたような目と、子どもたちの「鳴いた!」という叫び声を同時に向けられて、その場から消えたくなった。

鳴き声は無様《ぶざま》で、とういて猫らしくなかった。「にゃあにゃあ」といくらいつものように鳴いてみようとしても、人間が鳴き真似《まね》しているみたいな下手くそな響き。

「どうして鳴きやまないんだろう」

男は不思議そうに布団のそばまで歩み寄ってくると、かすかに眉《まゆ》をひそめて傍《かたわ》らの子どもたちに視線を移す。

「さっきからこんなに鳴いてたのか」

「いえ、紀理様の姿を見てからです」

すると、男は「俺のせいか。怖いのかな」と悩ましげに眉間《みけん》にしわをよせる。

「僕たちだけのときは、こんなふうに興奮してなかったです」

「そうか……やっぱり怖いのか」

さらに困ったような表情を見せる男に、「大丈夫。紀理様は怖くないですっ」と猫耳少年のひとりが慰めるように腕にしがみつき、その隣でもうひとりがクールな表情のまま「驚い

てるだけですよ、きっと」と答える。

いや、これは——といいわけしようとして口を開いたものの、ますます「にゃにゃにゃ」と変な声しかでなかった。

男がふと気づいたように「ああ、そうか」と表情を和《やわ》らげた。

「わかったよ。鳴かないでも大丈夫。言葉をしゃべれるはずだよ。きみはもう人の姿をしてるんだから」

彼に指摘されて、あらためて自分の姿を見た。さっきから覚えていた違和感。まさかと認めたくなくて目をそらしていた事実。そう——どういうわけか、人間の姿になってしまっているのだ。着物の袖《そで》からでている腕はひょろりと長く、つるつるしていて毛がない。

「に、にゃー？」

「だから、しゃべれるよ。変化《へんげ》したばかりだからわからないんだな。口を動かしてごらん。ひとがやってたみたいに」

男は身を乗りだしてきて、口許《くちもと》に手をそえると、「ほら、『あいうえお』」と唇を引っ張ってみせた。

「は……はいうえよ」

なんとか声を押しだすと、男はからかうように笑った。

「もう一回、いってごらん。人間がしゃべってるところを思い出して」

「——あいうえ、お」

「ほら、できた」

感覚を忘れないように「あいうえお、あいうえお」とくりかえした。自分の声が人間みたいに聞こえるのが不思議だった。

時々、人間の言葉がしゃべれたらいいなと思ったことはあったけれども、まさか実現するなんて。

「いったいなにがどうなってるんだろう……？」

たどたどしく思いを口にだしてみると、ちゃんとしゃべれていることに自分で驚いて「にゃあ」とまた小さく声をあげてしまう。

男が子どもふたりとそろって顔を見合わせたあと、ぼそりと呟《つぶや》く。

「——ずいぶんかわいいな」

「ですね！」と声をハモらせる猫耳少年たち。

いや、僕は少なくともきみたちよりは年上の成猫——といいたかったが、わけがわからなさすぎて、謎の三人のやりとりに口を挟むこともできない。

見知らぬ和室に蝶ネクタイの猫耳少年たち、美形の和服の男。この摩訶《まか》不思議な状況はなんなのか。

目覚める前に頭のなかに浮かんでいた情景——少年と黒猫。自分はおそらくあの黒猫だったのだろう。

どんな絵が出来上がるのかも知らぬまま、パズルのピースをほんの少し与えられた状態で、いきなり新しい世界に飛ばされてしまったみたいだった。

ここは死後の世界なのだろうか？

「もしかしたら、僕は死んだのか……」

ひとりごとのように問いかけると、男は首をかしげみせた。

「俺と会ったときのことを覚えてない？」

「以前にあなたに会ったこと——あるんですか？」

目の前の男はひどく目立つし、印象的なので、もし会っていたら忘れないような気がした。

だが、彼に限ったことではなく、目覚める前のことがほとんど思い出せないのだ。

「自分の名前は？　覚えている？」

「トワ……？　いや、トウヤ——透耶《とうや》……」

それだけはかろうじて口からでてきた。猫らしくない名前だと思うけれども。

「そうか。俺は紀理だ。この子たちは夏来と秋生」

「よろしくですっ」

「よろしくお願いします」

夏来がふわりと微笑《ほほえ》み、隣で秋生がかしこまった様子で頭を下げる。容姿も性格も対照的なふたりだった。

紀理が「それで」と少しいいにくそうに切りだした。

「さっきの質問だけれども——猫としてのきみは死んだ」

「にゃあっ！」

やっぱり、と叫ぶつもりが、つい鳴いてしまった。紀理は愉快そうに唇の端をあげる。

「死んだといっても〈猫の国〉の住人になったんだ。ただの猫から、〈あやかしの猫〉になった」

「〈あやかしの猫〉？」

「妖怪ってことだ。猫が長く生きすぎると変化することがあるんだ。普通の猫にも多少なりとも妖力があるから。それが強くて蓄えられているうちに自然に——もしくは妖術をほどこして変わる場合もある」

透耶は唖然《あぜん》とした。では、自分は〈あやかしの猫〉とやらになって、いまの姿は人間に化けているということなのか。

目覚める前——夢のなかでのやりとりを思い出した。「化け猫になってもいいから、そばにいてほしいな」——そういってくれた少年は、飼い主だったのだろうか。

でも透耶には猫時代の明確な記憶がない。もう長いこと野良だったような気もする。独りぼっちで……。

あやかしになってしまうと、普通の猫だった頃の記憶は曖昧になってしまうのか。

「〈猫の国〉は……僕がいままで住んでた世界とは違うんですか？」

「そう。人界とは違う。だけど、あやかしの世界は人界とそこらじゅうでつながってるけどね。ここらへんは〈あやかしの猫〉がたくさん住んでるから、〈猫の国〉と呼ばれてるんだ。ここには猫以外の妖怪もいるよ。そして人界へは、普通のあやかしなら妖気のある暗闇から、自由に行き来することができる」

いままで住んでいた場所ではない。明らかにテリトリーの外――というより人の世界ではなく、あやかしの世界。

猫耳のある子どもたちを見たときから変だと思っていたが、さすがに異世界といわれて茫《ぼう》然《ぜん》とせずにはいられなかった。

「ここは紀理の家ですか？　どうして僕はここに？」

「俺がちょうど帰ってきたときに、きみは家の前に倒れてたんだよ」

紀理によると、抱き起こされたとき、透耶は苦しそうに泣いていたという。

「泣いていた……？」

「そう――すぐに気を失ってしまったから、家に運んで寝かせていたのだけれども」

透耶は思わず自分の頬《ほお》をさわっていた。そこに涙のあとが残っているような気がしたからだ。でも感覚が遠い。

「……覚えてません」

「普通の猫からあやかしに変化して〈猫の国〉の住人となるときは、珍しくないことだよ。最初は猫だった頃の記憶が曖昧《あいまい》になっている者も多い。でもだんだん思い出していくから。なにか少しでも覚えてることはない？」

「なにも……この姿に違和感があること以外は猫の自分がどうやって暮らしていたのかもまったくわかりません。男の子に飼われていたような記憶もあるんですが、野良でひとりだったような気もします」

「――飼い主を覚えている？」

「飼い主かどうかわからないんですけど。人界に戻って、その子に会えば思い出すかも……」

頼りとなるのは、目覚める前に頭のなかに浮かんでいた男の子と黒猫の戯れている情景だけだった。

「それは少し難しいね」

あっさりと否定されて、透耶は困惑した。

「どうしてですか？　いま、人界へは自由に行けるって」

「――でも耳が」

「耳？」

「尻尾もでてるから」

「え」と自らの腰をさぐってみると、腰に夏来たちと同じように猫の尻尾が生えているのがわかった。

いや、猫だから尻尾は見慣れたものだけれども、てっきり普通の人間の姿になっているのかと思っていたのに。

「猫耳も見えたままだね。変化したばかりで、たぶん変身の能力がうまくコントロールできてないんだろう」

丸い手鏡を差しだされて、透耶はそのとき初めておそるおそる自らの全体像を確認した。

鏡に映っていたのは、人間でいうなら十七、八歳くらいの男の子だった。ただし人とは違って、夏来たちと同じように頭部には猫耳が生えている。たしかにこれでは人界には行けそうもない。

そしてなによりも驚いたのは——。

真っ黒な髪と儚げな瞳、白い肌。自分の顔が先ほど目覚める前に黒猫と遊んでいた少年の面差しにそっくりになっていることだった。

いや、夢のなかよりも幾分成長している。先ほどはもっと幼い——少なくとも十代前半、中学生ぐらいには見えたから。

飼い主だったかもしれない彼を慕っていたから、似たような容姿になったのだろうか。

透耶が鏡をじっと食い入るように見ていると、夏来と秋生がこそこそと顔を寄せあった。

「すごい見てるね」

「綺麗だから見とれてるのかな」

「僕知ってるよ。それナルシストっていうんだ」

ぱっと鏡から顔を離す透耶を見て、紀理がおかしそうに口許をゆるめた。

「大丈夫だよ。きみは人間基準ではほんとうに綺麗な男の子だから。猫のときにも美猫だったんだろう」

「いえ、違うんです。鏡をじっと見てたのは、ただ……」

「――真っ黒で、綺麗な髪だね」

紀理がすっと腕を伸ばして、透耶の髪にふれてきた。

間近に迫ってくる、不思議な瞳。薄茶の目には、時々青い光が差す。そっちこそ、さぞかし美猫なのだろうといいたくなるほど、紀理はおそろしく整った綺麗な顔をしていた。人間の美醜にはそれほど興味なかったが、どういうわけか、いまの人型になった姿だとそれがよくわかる。

繊細な目許にほんのりと色気があるが、かといって女性的なわけではなかった。着物につつまれたからだはほっそりとして見えるものの、だいぶ上背《うわぜい》があって手足が長く、均整のとれたスタイルをしている。

まさにしなやかに優雅で強く、美しい雄だった。猫科の生き物として理想的な魅力をすべてバランス良くもっている容姿といえばいいのだろうか。

見つめられていると、なんとなく頬のあたりが熱くなってくるのは、猫のときにはない感覚だった。

髪をすくようにして、猫耳の付け根から沿ってなでられているうちに、思わずごろごろと喉を鳴らしたくなってしまう。

うっとりしかけたとき、再び夏来と秋生が頬を寄せあってなにやら話しているのが聞こえてきた。

「気持ちよさそうだね」

「並んでると、紀理様とお似合いだね」

猫の頃には人になでてもらうのも、猫同士でふれあうのもなんでもなかったのに、なんだかいきなり恥ずかしいことをされているような気がして、透耶は思わず身を引いた。

紀理が苦笑しながら手を離し、子どもたちを見やる。

「――夏来、秋生。透耶は目覚めたばかりなんだから、うるさくしては駄目だ」

「はいっ」

ふたりはそろって返事をすると、「ごめんなさい」と頭を下げた。口は達者だけれども、よくしつけられているようで素直な子どもたちだった。意思表示するようにぴんと伸びた尻尾がかわいい。

　ふと、夏来たちと紀理の関係が気になった。この家に一緒に住んでいるようだけれども、親子には見えない。子どもたちが「紀理様」と呼んでいることから、兄弟や血縁関係ではないのだろう。

　そもそも目の前にいる紀理は、猫耳も尻尾もなく、少なくとも外見は普通の人間だった。しかし、姿かたちがどうこうというよりも、透耶もあやかしになったせいか、相手の妖力のようなものが感じとれるので、ひとならざるものだというのはわかる。かたちよりも、その存在がもっている目に見えない力。

「あの……紀理も——猫なんですよね？」

　透耶の質問に、紀理と夏来たちが一瞬固まったように見えた。沈黙が流れる。まずいことを聞いたのだろうか。

「それは……」と紀理がいいかけたところ、夏来が立ち上がって口を開く。

「猫は猫でも、紀理様は由緒正しき血筋の……」

　演説みたいに声を張りあげている途中で、隣の秋生が「こら」と口をふさいだ。「なんでー？」と押さえつけられる夏来を横目にして、紀理がうっすらと微笑んだ。

「——猫だよ」

「……そ、そうですか」

いまの子どもたちの雰囲気からして違うんじゃないですか？　といいたかったが、それ以上はたずねるのが憚《はばか》られたので、透耶は曖昧に頷《うなず》くのにとどめた。まだあやかしの世界のことをよく知らない。紀理たちは倒れていた自分を親切に介抱してくれたのだから、よけいなことは詮索するまい。

「あの……いま鏡を見て知ったんですが、この姿は僕を飼っていたかもしれない男の子にそっくりなんです。記憶ははっきりしないんですが」

「きみは飼い主の子そっくりに化けたってこと？」

「たぶんそうだと思います」

きっと猫の自分は、少年がとても好きだったのだろう。具体的な記憶はなくても、少年以外のことはなにも思い出せないのだから。忘れてしまっていることが歯がゆい。

「そうか……」

紀理は考え込むように腕を組んだ。

「たぶん少しずつ思い出してくると思うけど――いまはよくても、ずっと思い出せないでいると、自我をあやかしとして形成しそこねたことになって、ただの猫に戻ってしまうからね。急ぐ必要はないけど、それだけは気をつけないと」

恐ろしいことをさらりといわれて、透耶は顔をこわばらせた。

「え……猫に戻る？　猫としての僕は、死んだんじゃないんですか？」

「ある意味ではね。でもあやかしへの変化が成功しなければ、元に戻ってしまうんだ。あやかしになるには妖力が足りなかったということで」

いまの状態では自分が何者かも把握できていない。つまり妖怪になるのに適応できなかったということなのか。

「どのくらいのあいだに本来の自分を思い出せないと、普通の猫に戻ってしまうんですか?」

「猫によって違いがあるけれど、たぶんだんだん人の姿を保てなくなって、自らの意思じゃなくても猫の姿になることが多くなっていく。なんともいえないけど、少なくとも一ヶ月ぐらいのうちに思い出すように努力したほうがいいかもしれない」

一ヶ月のあいだに自分が何者かを思い出さなければならない。

そのためにはやはり先ほど考えたように、記憶のなかの男の子を——いまの人型の自分と似ている少年をさがすのが近道のように思えた。

「人界に行くにはどうしたらいいんですか。教えてもらえませんか。あと、この姿を……猫耳を消して、紀理みたいに普通の人間に見えるようにするためにはどうしたらいいんでしょう」

「きみは目覚めたばかりだし、少し休んだほうがいいんじゃないか。お腹もすいてるだろう?なにか用意するよ」

「お腹……」

いままで忘れていたが、そういわれると急に空腹を覚えた。待ってましたとばかりに、夏来が「はいはいっ」と手をあげる。

「紀理様。僕が猫又堂にいっておまんじゅうを買ってきます。おいしいのがあるんです」

すると、隣の秋生が顔をしかめた。

「紀理様、こいつ自分が食べたいだけなのです。透耶殿にお好きなものを聞いてください」

「なんでそんなこというの。透耶殿も食べたいっていった！」

「嘘をつけ」

夏来が「ほんとうだもん」とぴくぴくと猫耳を震わせて、訴えかけるように涙目になって「ほんとうだよね？」とこちらを見るので、透耶は思わず「うん」と頷かずにはいられなかった。

「新作のおまんじゅうだよね。さっき話してくれた……」

夏来はぱっと笑顔になって「うんっ」と頷くと、「ほらぁ」と秋生に向かって得意そうに胸を張る。「こいつ……」と苦々しい目をする秋生に、紀理がなだめるように笑いかけた。

「秋生——夏来と一緒にそのおまんじゅうを買っておいで。お財布はおまえに預けてあるだろう？」

「はい、それでは」

秋生がすくっと立ち上がると、夏来もすぐに続く。あとをついていく夏来の額を、秋生は

「めっ」というようにつついた。喧嘩《けんか》しそうなのかとハラハラしたが、襖を開けて部屋を出ていくときにはふたりとも仲良く手をつないでいた。スキップするような足取りが軽やかだ。賑《にぎ》やかなふたりが去ってしまうと、室内はいきなり静かになった。

「すぐに戻ってくるよ。猫又堂まで五分もかからないから」

「はい……」

いきなり知らない世界にきてしまった不安を、あの猫耳少年たちに和らげてもらっていたようなところがあったので急に心許なくなった。不安が一気にどっと押し寄せてくる。

それが顔にでていたのか、紀理が表情をゆるませながら再び腕を伸ばしてきて、「大丈夫だよ」と頭をなでてくれた。

「きっとすぐに思い出す。さっきは脅かすようなことをいったけど、一ヶ月というのも目安にすぎないから」

「はい……」

先ほどは「猫同士のスキンシップだから」と理解してなんとも思わなかったが、夏来たちの台詞《せりふ》や、人型になっていることが影響しているせいか、紀理にさわられるとそわそわと落ち着かなかった。

これもあやかしになったせいなのだろうか……。

目を伏せようとする透耶に、紀理がかすかに首を傾ける。

「俺が怖い？」

「え？　いえ、怖くはないです」

きょとんとかぶりを振る透耶に、「そう――」と紀理はうれしいような、どこか複雑そうな顔を見せた。まるで怖がらないのが不思議だとでもいうように。

どうしてそんなに「怖い」「怖くない」を気にするのだろう。思えば、最初に部屋に入ってきたときの夏来たちとのやりとりも「怖い」「怖くない」というような内容だった。

「猫は猫でも……」といいかけていた夏来の台詞が思い浮かぶ。ひょっとしたら、紀理はとても恐ろしい妖怪なのだろうか。でも、それならあんなに猫耳っ子たちがなついているわけがない。

「さっき俺が猫耳をなでたのも、いやだった？」

「いいえ。気持ちよかったです」

怖がっていると思われたら申し訳ないので、透耶はきっぱりと答える。喉《のど》をごろごろ鳴らしそうになったのは事実だ。

紀理は少し驚いたように目を見開いたあと、唇の端にかすかに悪戯《いたずら》っぽい笑みを浮かべた。

「――あの子たちがいないあいだに、少し大人の話をしようか」

「大人の話、ですか」

人界への行き方を教えてくれるのだろうか。「是非《ぜひ》」というように透耶が身を乗りだしたところ、紀理ははにかむように目を細めた。

「ずいぶんと積極的なんだね」

「知りたいですから」

それを知らなければ、己のことを思い出すこともできない。

「好奇心旺盛なんだね……俺から見れば、きみも子猫みたいなものなんだけどな……」

人界の話――もしくはてっきり子どもたちの前ではできない、あやかしの世界の話をしてくれるのだろうと思っていた。

だが、紀理は透耶をしばらく凝視していたかと思うと、無言のままゆっくりとからだを近づけてきた。髪をなでながら顔を寄せてくる。「え――」と思った瞬間、こめかみに軽く唇をつけられた。

いきなりだったので息を呑むと、紀理は至近距離から再び透耶を見つめてきて、艶《つや》っぽい笑いを唇ににじませた。魅惑的な、雌だったら惹《ひ》きつけられずにはいられないような……。

雄同士だったら真正面から目を合わせられたら喧嘩をふっかけられているのかと思うところだが、どういうわけか紀理相手にはそういう気がしてこない。圧倒的に向こうの方が力があるからとわかるせいもあるけれども。

呆然としたまま猫耳をぺろりと舐《な》められて、びくりとからだが震えた。どうやら毛づくろいをしてくれるつもりなのかと察したけれども、普通の猫だったときとは少しばかり感覚が違うのでとまどう。

猫同士の毛づくろいは親愛の証《あかし》だ。

毛の流れに沿うようにして舐められると心地よいのは猫のときと一緒だが、いままでにはない、全身に疼《うず》くような奇妙な熱が走って――。

「ちょ……ちょっと」

思いがけない反応に、透耶はあわてて紀理のからだを押しのけた。首から上が燃えるように熱くなっていたからだ。

「なに？」

「待ってください。僕の顔に異変が……」

畳においていた手鏡をとって顔を確認してみると、真っ赤になっている。毛がないと、人間の肌はこんな経緯で色が染まるのだと初めて知った。

「……すごい。ひとの格好で毛づくろいされると、顔が真っ赤になるんですね。体毛がないと、こんな変化が」

「――」

紀理はしばし無言ののち、「毛づくろい……」と小さく呟いた。「違うんですか」ととまどう透耶を見て、おかしそうに噴きだす。

どうして笑われているのかわからずに、透耶はきょとんと首をかしげた。

「……いや、きみは慣れてないみたいだから、また今度ゆっくりとしよう。夏来たちもすぐに帰ってくるし」

「はい」と素直に頷くと、なにがおかしいのか紀理は再び愉快そうに肩を揺らした。あまり笑われると、少しばかりおもしろくない気分になる。

猫なので、毛づくろいに慣れてないわけではない。コミュニケーションのひとつだとわかっている。ただやはりこの姿だと、猫とは違う感覚が芽生えてくるようだった。

「きみはほんとに俺を怖がらないんだな」

紀理がそういうのを聞いて、透耶は不思議に思った。

怖がる――？　どうしてだろう？

まったく知らない世界に放りだされて倒れていたときに、こんなふうに助けてくれた相手に感謝こそすれ、怖がるはずがないのに。

そういえば先ほどから紀理は透耶にふれてきて、きちんと親愛の気持ちを示してくれているのに、こちらからはさわろうとしていないことに気づいた。

普通は家に入れてもらった自分から、挨拶しなければいけないのではないのか。ましていろいろと教えてほしいことがあるのだから、透耶から歩み寄らなければ礼儀を欠いている。

「――紀理」

とりあえず透耶は紀理の手をとって、ぎゅっと握ってみた。挨拶として、いきなり鼻先をつけて匂いをかいだり、身をすりあわせるのは猫同士ならアリでも、人型ではおかしいような気がしたからだ。〈あやかしの猫〉として、なにが正しい挨拶なのかわからなかったけれども。

少なくとも紀理は目を瞠《みは》っただけで、透耶の手を振り払おうとはしなかった。無言でまじまじと透耶の顔と、握られた指先を交互に見つめている。目がうれしそうに細められたので、いやがっているわけではなさそうだった。

「なに？　なんで手を握ってくれるのかな」

「あの紀理……僕は助けてもらって感謝してます。それをわかってほしくて。少しでも伝わったらと……」

「なるほど」

なにがおかしいのか、紀理は愉快そうに笑っている。

「それで……さっきの話ですけど、教えてほしいんです。人界に行けるようになるために、僕は姿を変える方法を学びたいんです。紀理みたいに完全に人間に見えるように」

「いまも、ちゃんと綺麗な男の子に見えるよ」

「いえ。でも、耳が」

透耶は自らの頭部に手を伸ばして猫耳を引っ張ってみせた。

「まず……コレをなんとかしないと、人界には行けないですよね。どうすれば引っ込むんですか」

「――」

紀理は透耶の顔を見つめたまま何事か考え込んだあと、やがてゆっくりとかぶりを振る。

「いや、そのままでいいよ。もったいない」

「もったいない？　僕も猫であることを忘れたいわけではないんですが……でも目立ちますよね？　こんな人間、見たことがないです」

「人界にはそういう装いを趣味でするひともいるから」

「そうなんですか？」

猫である自分でさえ、猫耳人間の夏来たちを見て驚いたのだが、それは無知ゆえなのだろうか。透耶もすべての人間の趣味趣向を知っているわけではない。

「――似合ってるから」

透耶が「は？」と首をかしげると、紀理は「なんでもない」と咳払《せきばら》いした。

「ここは〈猫の国〉だから、その格好は少しもおかしくないよ。半獣の姿でいる者のほうが多いから。夏来と秋生もそうだろう。あの子たちはとても愛らしいだろう？　きみは猫耳は嫌い？」

夏来と秋生を否定するのかといわんばかりの訴えかけるような眼差《まなざ》しを向けられると、返答に困る。

嫌いなわけがないし（だって元々猫だし）、たしかに夏来たちの猫耳はかわいい。

「でもあの子たちはともかく、僕が人界に行くためには……」

「いまのきみは人界には行けないよ。右も左もわかってないだろう。とにかくあやかしの世界を少しでも知らないと。そのうちに妖力が安定してきて、人間の姿にも、半獣でも、猫の姿でも自在に変身できるようになるから。それまで少し慣れるしかないね」

慣れるといっても、いきなり過去の記憶がはっきりしないまま、知らない世界に放りだされている状態なのだ。この先いったいどうしたらいいのかといまさらながら途方にくれてしまう。

「――この家で過ごせばいいよ。夏来と秋生もよろこぶから」

紀理から思いがけない提案をされた。しかし、正直ほかにあてがあるわけでもないので、ここにいてもいいのならありがたい。

「え……いいんですか？」

「かまわないよ。きみさえよければ。きみはただの猫だったときとの違いをよく知ったほうがいい。いまのままでは危なっかしくて、猫又堂にお遣いにもやれない」

夏来と秋生よりも子ども扱いされているような台詞に違和感を覚えた。右も左もわからないのは事実だが……。

「道を教えてくれれば、買い物には行けると思うんですが……」

「猫さらいにあってしまうよ」

「あの、紀理——僕はそんなに幼くはないんです。この姿も人間なら高校生か大学生ぐらいですし、猫だったときもきっと大人で年をとってて……」

「子ども扱いはしてないよ。してたら、さっきみたいなことはしない。『大人の話をしよう』っていっただろう？　でも、きみは初心猫《うぶねこ》の状態だから」

「初心猫？」

「——そのうちに教えるよ。もう少しこっちの世界に慣れてからのほうがよく理解できるから」

どうやら説明しづらいことらしく、紀理は言葉を濁した。

「紀理は幾つくらいなんですか？　やっぱり妖怪だから長生きで……」

「——俺は……」

言葉の途中でごまかすようににっこりした顔には、「そんなことは聞くな」と書かれているかのようだった。

「俺のことよりも、きみはまず自分のことを知らないといけない。たとえば外では、さっきみたいに知らない男の手を自分から握ったりしないほうがいいよ」

挨拶のスキンシップのつもりでも、人間の姿だとややこしい問題が発生するようだった。

でも紀理は僕の頭をなでたり、耳を舐めたりしたじゃないですか——といいたかったが、なにが正しくて間違っているのか自信がない。自分のなかでも、猫と人間とあやかしと——その三つの感覚が混ざってしまっていて、時おり混乱してしまうから。

「さっき、僕が紀理の手を握ったの不愉快でしたか」

「まさか。俺の手にはいくらでもさわってくれてもいい」

そういって紀理はからかうような目になって、「ほら、ね」と今度は自分から透耶の手を握ってきた。

「さわって——」

先ほどは自分からしたことなのに、相手からされると気恥ずかしい。人型の感覚というのは厄介だとあらためて思った。これが猫の姿だったら、手どころか全身をすりつけたり相手の顔を舐めまくったりしてもなにも感じないだろうに。

変に意識してしまうのは、紀理が自分に向けてくる眼差しが妙に甘いからだった。甘い？そんな味覚は猫なら知らないはずなのに。

「あの……紀理……」

見つめあったところで、襖の向こうからドタドタと騒がしい足音が聞こえてきた。「こら、走るな夏来」「走ってないよぉ」という声が交互に聞こえてくる。

「紀理様、ただいま戻り……」

襖が開いて、息を切らしながら登場した夏来と秋生のふたりは、部屋のなかを見て「にゃっ」と動きを止める。

ちょうど透耶と紀理が至近距離で見つめあいながら、手を握っていたところだった。夏来たちがなぜかぽっと赤くなって「どうしよう」というように顔を見合わせたので、なにやら誤解されている空気を感じとって、透耶はあわてて手を離した。

「――紀理様、すいません。お邪魔でしたか。おまんじゅうを無事に買ってきましたので。いま、お茶を淹《い》れてきます」

秋生はすぐさま表情を引き締めると、好奇心いっぱいの瞳でこちらを見つめている夏来を「ほら、じろじろ見るな。行くぞ」と引っ張って出ていく。襖が閉められたあと、廊下を歩きながらふたりが話している声が聞こえてきた。

「ねえねえ、紀理様と透耶殿はなにをしてたのかな」

「馬鹿、黙れ。大人の時間を邪魔するな」

「交尾するのかな」

「馬鹿っ」と頭をバシッと叩く音と、夏来の「わああん」という泣き声。

交尾？　空耳だろうか……と透耶はさすがに口許をひくつかせる。

猫と人間とあやかしと――三つの感覚がごちゃ混ぜになって、いくら右も左もわからない状態でも、雄同士で交尾などしないことだけはわかる。それとも、あやかしの世界では違うのだろうか。

紀理をちらりと見ると、夏来たちのやりとりを聞いていたのかいないのか、何事もなかったようにすました顔をしていた。目が合うと、「ん？」と悪戯っぽい表情を返される。

やがて夏来と秋生がお茶とおまんじゅうを手にして戻ってきた。

「どうぞ」と手渡されて、透耶はじっと湯呑みと皿のうえのまんじゅうを見つめる。人間の食べものなんて口にして大丈夫なのだろうかと訝《いぶか》しんだが、お茶の香りが鼻腔《びこう》をくすぐった途端、なにやらなつかしく感じた。

不思議だ。未知のもののはずなのに、目覚めてから少しずつ人間の感覚がわかるようになってきているようだった。

湯呑みに口をつけてお茶を飲んでみると、ほっと気持ちが安らぐ。

「――透耶。おまんじゅうも早く食べてごらん。まずはお客さんのきみが食べないと、自分が食べられないって夏来がいまにも涎《よだれ》をたらしそうな顔で待ってるから」

お茶をしみじみと味わっていたので気づかなかったが、傍らに座っている夏来がおまんじゅうと透耶を交互にちらちらと見ていた。「夏来、意地汚い」と秋生に注意されても、「早く食べてちょうだい」と夏来の目は訴えかけている。

「……い、いただきます」

甘いものはちょっと――とためらっている暇はなかった。お預けをしているようでかわいそうだったので、透耶は急いでまんじゅうに手を伸ばして口に運ぶ。

猫又堂の新作の芋あんのおまんじゅう。皮はもちもちで、中の黄金色のあんこはほっこりこってりと甘い。

――甘い？

舌が甘さを感じとれるのに驚いたけれども、お茶と同じでそれもすぐによく知っているような味覚になった。次から次へと新しい感覚を自分のものにしていく不思議な体験。

「……美味《おい》しい」

透耶が呟くと、夏来が「ね、そうでしょう」とにっこりと笑った。

「紀理様、僕も食べていい？」

紀理が「いいよ。食べなさい」というと、夏来と秋生はそろって「いただきます」といってから「あーん」とおまんじゅうを口に運ぶ。

空腹のせいもあって、透耶もぺろりとおまんじゅうを食べ終えてしまった。物足りないのに気づいたのか、紀理が「俺のもあげるから」と自分の分の皿をよこそうとする。

「いいんですか？」

「いいよ」

「紀理様、まだ台所にありますから取ってきましょうか」と横から秋生が声をかける。

「いや、いいよ。それはあとでおまえたちが食べるといい」

紀理がそう答えると、夏来が「はいっ」と元気に答える。

透耶はありがたく紀理の分をもらって食べた。ふたつ食べ終わっても、まだいくらでも入りそうだった。知らない扉を開けてしまった気がする。甘いものがこんなに美味しいなんて思わなかった。

変な話だが、おまんじゅうを食べたことで、初めて自分がどうやらいままでとはほんとうに違う生き物に変化したのだと実感した。

紀理の家は風流な佇《たたず》まいの日本家屋だった。あやかしの家だからなのか、いたるところに不思議が満ちあふれていた。

まず家の全体像がつかめない。部屋や台所や風呂場の位置がいつのまにか変わるので見取り図の作成が困難らしい。気がつくと、見慣れぬ廊下や部屋が出現する造りになっているようだった。

「日や時間帯によって、悪いものが入ってきたりする方角が変わりますから」と秋生が説明してくれた。すべては紀理の妖力によって保たれているのだという。

「透耶殿は紀理様に滞在を許されてますから、慣れてしまえば迷うことはないと思いますよ。不審な侵入者があったときなどは、その者が入った部屋から続く廊下を無くしてしまったりするのです」

「部屋に閉じ込められてしまうってこと？　その後どうなるの？」

「さあ。永遠にその場所にいることになるのではないでしょうか。異物が入り込んだ空間は切り離してしまうので」

ぞっとしない話だったが、秋生は淡々と答える。一方、夏来は無邪気なもので、「紀理様の力なんだよ。すごいよねえ」と隣で感嘆した声をあげる。

透耶が滞在させてもらうことになって、まず紀理は「客間では落ち着かないだろうから、透耶の部屋をつくろう」といってくれた。空いている部屋を用意してくれるという意味ではなく、文字通り新たに部屋の空間を出現させたということらしい。

透耶が目覚めたのはこちらの時間では夕方だったようで、皆で猫又堂のおまんじゅうを食べたあと、まさに造りたての新しい部屋に案内してもらってしばらくすると、すぐに子どもたちに夕食に呼ばれた。

広い座敷に入ると、座卓のうえには豪華な刺身のおつくりや天ぷらなどの和食中心のメニューが並んでいた。まだ次から次へと夏来たちが料理を運んでくるので、「手伝うよ」と透耶が台所に行こうとしたところ、「今日は工藤《くどう》さんがいるから駄目なの」と止められた。

「工藤さん？」

「僕たちだけでやれないとき、掃除や料理を時々手伝ってもらってるんだ」

「お手伝いさん」というものだろうか。なるほど広い家だから、そういうひとも必要らしい。

「工藤さんは恥ずかしがり屋だから、慣れないうちは姿を見られるのをいやがるから」

「人間なの？」

「ううん」と夏来と秋生はそろってかぶりを振る。人界では長く「工藤」という家に憑《つ》いていたので、そう呼んでいるとのことだった。お手伝いさんの妖怪――。

説明されても返事に困ったが、目覚めてから驚きの連続だったので、だんだん透耶は感覚が麻痺してきていた。なにが起こってもおかしくない。その一言ですべてを許容してしまう。なにせ猫の自分が人型になって、〈あやかしの猫〉とやらになってしまったのだから、なんでもアリだ。

おまんじゅうが甘いと感じられたように、夕飯もことごとく美味で舌鼓を打つものばかりだった。人間の食べもので満足するなんて適応が早いというか、からだが人間の姿になっているから当然というべきなのか――ともかくこれが事実なのだから受け入れるしかなかった。

食事の後片付けのときに食器を運ぼうとしたら、やはり夏来たちに「工藤さんがいるから」と止められた。上げ膳据え膳で申し訳ないと考えて、「あれ？」と首をひねる。こういう考え方もなにやら人間ぽいような……それが自然に身についていることに驚く。

夕食のあとは風呂だったが、猫ならば水にさわるのもいやなはずなのに、いったん風呂場にいってみると汗を洗い流したくて普通に入浴してしまった。しかも恐ろしく心地よかった。

迷うことなく石けんやシャンプーを使ってからだや髪を洗うことができたのはあやかしとなって人型としての知識を得たからなのか。

風呂から上がって廊下を歩いているとき、ちょうど紀理と顔を合わせたので、透耶はさらなる混乱に陥っていることを告白した。

「普通に風呂に入れてしまいました……」

紀理はきょとんとしたあと、おかしそうに笑った。

「当然だよ。以前とは違って、もうただの猫じゃないんだから」

驚異の適応力ともいえるような早さで、いろいろなことがあたりまえに受け入れられるのはいいが、相変わらず自分が何者かを思い出せないのがもどかしい。周りの景色はくっきりと鮮明になっていくのに、中心の自分だけがピンぼけしているみたいなのだ。

そのとまどいを察したかのように、紀理が透耶の濡《ぬ》れた頭をなでた。

「――そんなに焦らなくても大丈夫だから。もう今日はゆっくり休んだほうがいい」

紀理は不思議なひとだ（いや猫だ）。まるでこちらの気持ちがわかるみたいに対応してくれる。

今日初めて会ったばかりなのに、これほど親切にしてくれる理由が謎だった。慈善の心にあふれた猫なのだろうか。〈猫の国〉にきて、初めて会ったのが紀理たちで、自分は運がよかったのかもしれない。

「お風呂、気持ちよかっただろう？　それでいいんだよ。人界にいったら、人間と同じ行動パターンをとらなきゃ変に思われるんだから」

こくん、と頷く透耶に、紀理はふっと目を細めた。

「今度、みんなで一緒に入ろうか。大勢で入れるような大きな風呂をつくるから」

つくるから、というのは当然のことながら工事をするわけではなく、妖力を使って設《しつら》えるのだろう。

夏来や秋生たちと一緒に大きな湯船につかるのは楽しそうに思えたので、透耶は素直に「いいですね」と頷いた。

「ほんとに？　じゃあ、俺とふたりきりでは？」

そのままの流れで、「はい」と頷きそうになって、透耶はふと眉根をよせた。右も左もわからない状態でもこれだけは違和感を覚える。

「あの紀理……こうやって人型の姿になると、雄同士でふたりきりで風呂に入ったりするのは変なんじゃないでしょうか。さっき紀理も、外では男の手を握ったりするなっていったでしょう？　僕もなんとなくあやしい雰囲気がするというか……」

紀理はしばらく無言になったあと、「そうだね」と頷いた。

「夏来や秋生とみんなで入れるようなのをつくるよ。……透耶は学習が早いね」

最後の一言はどこか残念そうに聞こえて、透耶はなにかまずいことをいったのだろうかと首をかしげた。

「透耶殿、ここでしたか。部屋の位置が変わったので、案内します。今日はまだ勘がつかめないでしょうから」

やがて秋生たちが迎えにきたので、透耶は紀理に「おやすみなさい」といって別れた。

ふたりの案内についていくと、説明通りに廊下や部屋の位置が変わっていた。「ここです」といわれた部屋は、風呂場からのルートを思い返してみても、以前とはまったく別の場所になっている。妖力のなせるわざとはいえ、なんとも奇妙な家だった。

「ありがとう。部屋の位置が変わったってことはなにかあったの？」

「警備のために定期的に変えてますから……でも、今夜はたぶん透耶殿がいるので用心のためかと。どんなに屋敷のなかが変わっても、僕たちは隣の部屋になっているので」

秋生の説明のあとで、夏来が透耶ににっこりと笑いかける。

「心配しなくても大丈夫だよ。紀理様が守ってくれるから。夜中に厠《かわや》に行きたくなったときには、一応僕たちに声かけて。場所が変わってたら、案内するから」

「では、おやすみなさい」と去って行こうとするふたりを、透耶は「ちょっと待って」と呼び止めた。

「あの……少し時間をもらいたいんだけど、いいかな？　わからないことが多いから、きみたちと話をしたいんだけど。できれば部屋のなかで」

「僕たちと？」とふたりが声をそろえる。「どうしようか」と顔を見合わせたあと、同時に「うん」と頷く。透耶が襖を開けると、「では」と手をつないで部屋に入った。

紀理が新たに用意してくれた部屋は、趣のある旅館の一室のようだった。

座卓の座布団の上に腰を下ろすと、夏来と秋生は向かいに座って、透耶をじっと見つめてくる。「話ってなんですか？」と最初に声を発したのは秋生。

「わからないことが多くて、眠れそうもないから。まずきみたちのことを教えてもらえないかな。ふたりは兄弟なの？」

夏来と秋生は再び顔を見合わせて、同時にかぶりを振る。

「違います。同じ日に紀理様に拾われたんです」

「血はつながってないけど、いつも一緒にいるよ」

秋生の答えは落ち着いていて、夏来はいつも子どもらしい。

「そうなんだ？　その……ふたりは〈あやかしの猫〉になったとき、どんな感じだったの？　僕みたいに以前の記憶がなくなって、わけがわからない感じだった？」

「――」

秋生は難しい顔で黙り込み、隣の夏来があっさりと「覚えてない」と答える。

「え？　覚えてないの？　でも……」

「うん。まったく。気がついたら、秋生とふたりで紀理様の家にいた。ねー」

思い出せなかったら、ただの猫に戻ってしまうのではないのか。この子たちもいまの自分と同じで、〈猫の国〉にきたばかりなのか。

「夏来と秋生はここで暮らしはじめて、どれくらいになるの？」

「うーんと、何年だろう？　もう十年ぐらいは経《た》ってるよね」

「二十一年」

秋生は正確に答える。二十一年経っても、彼らは人間でいうなら小学生低学年にしか見えない。子猫のときにあやかしになって時間が止まっているということなのか。

驚愕《きょうがく》する透耶に、夏来が「あのね」と教えてくれた。

「普通の人間みたいに、外見と年齢は一致しないよ。紀理様なんてあれで……」

「馬鹿、夏来。年のことは禁句だ」

ぺらぺらとしゃべろうとする夏来の口を、秋生があわてて押さえる。

「なんでえ」

「透耶殿が怯《おび》えたら困るだろう。必要なことは紀理様から話すよ」

「だって透耶殿は僕たちと話したいって」

揉《も》めあうふたりを見て、透耶は複雑な気持ちになった。この子たちがなにかいいかけては『駄目だ』とやめるたびに、紀理はいったい何者なのだろうという不穏な疑問がふくらんでいく。

しかし主人を尊重しているふたりを責めることはできないので、あわてて「年のことは紀理に聞くよ」とあいだに入った。

「それから、さっきからいおうと思ってたんだけど、僕のことを『透耶殿』って呼ぶのはやめてくれないかな。普通に透耶でいいよ」

「――」

夏来と秋生はお決まりのように顔を見合わせる。

「でも、紀理様のお客様だし……――になるかもしれない方だし」

「僕は透耶って呼びたい。仲良しな感じがするもんね。透耶って呼んでいいの？」

「いいよ」

夏来はすぐに「わーい、透耶」と呼んでくれたが、秋生は目を伏せて「……そう仰《おっしゃ》るのなら……」とどこかいいにくそうだった。しっかりしてるけど、シャイな子だ。

それにしても、こちらにきて二十一年も経つのなら、透耶よりも明らかにふたりのほうが年上のはずだが、こうして接しているとまるで子どもにしか思えない。

「以前のことを覚えてないのに、どうして夏来と秋生は〈あやかしの猫〉のままでいられるのかな。さっき、紀理は僕に本来の自分を思い出せないと、そのうちにただの猫に戻るっていっただろう？」

「紀理様はそういってたね。どうしてだろ？」

首をかしげる夏来を横目に見て、秋生がふっと息をつく。

「……僕たちは一度思い出したんですよ。だから〈あやかしの猫〉としての生まれ変わりは成功したんです。そのあとに、また忘れたんです」

「そういうケースもあるの？」

「まれに」と秋生は答える。夏来はきょとんとしたままだ。ふたりともよくはわかっていないらしい。

それでなんの疑問ももたないのだろうか。透耶はそもそも猫の妖怪になりたかったのかどうかも覚えていない。

だが、いったんこうして人型になってしまうと、普通の猫に戻るかもしれないというのも怖い。猫のままだったら、きっとそんなことを気にする必要もなかっただろうに。

「……そうか。ふたりは特別なケースなんだね。ありがとう。僕のことはまた詳しく紀理に聞いてみるよ」

秋生が「お役にたてませんで」と申し訳なさそうにいったあと、気になる視線を向けてきた。

「なに？」

「透耶殿は……いえ、透耶は、紀理様が怖くないんですね。紀理様にふれられても物怖じせずにお話できるし、僕たちが買い物にいっている短い時間にとっても紀理様と親しげになっていた。それにいましゃべってる言葉がすごくなめらかです。数時間前は『にゃあ』といっていたのに」

夏来もうんうんと頷く。

「そうだね、透耶、『にゃあ』ってかわいかったのに」

幼い見た目のふたりに指摘されて、透耶は恥ずかしくなった。でも、いわれてみればそのとおりだ。最初は声をだすことすらわからなかったのに。

「みんなこうじゃないの？　学習は早いって紀理にいわれたけど」

「もちろん慣れればすぐに話せるんですが……数日間は不自然さが残るものです。でも、透耶にはそれがない」

「そうか……でも、僕も驚いたときは『にゃっ』とかいいたくなるよ」

「それはあやかしになって二十一年経つ僕たちも同じです」と秋生は真面目な顔で答える。やはり習性は簡単に抜けきれるものではないらしい。

それにしても——秋生の言葉から、また疑問が浮上してくる。紀理について、どうしてみんなそれほど「怖い」「怖くない」と気にするのだろう。

「紀理って怖いひとなの？　倒れている僕を家に入れてくれて感謝してるから、怖いとは感じないんだけど」

夏来がぶんぶんとかぶりを振る。

「紀理様は怖くないよ。僕たちのことも拾って面倒みてくれてるんだから。『怖い』っての は表現がテキセツじゃないよ、秋生」

突っ込まれて、秋生は素直に頷いた。

「そうだな。僕の言葉が悪かった。おまえに間違いを指摘されるなんて屈辱だけど、そのとおりだ。『怖い』っていうのは紀理様がいつも気にしているから……あの、透耶。紀理様はとても妖力が強いんです。妖魔というより、神獣といったほうがいいというか、猫としては巨大というか、とにかく存在感があるというか」

家の構造を妖力で自在につくりかえる能力を目のあたりにしたいまとなっては、『怖い』というのは力が強い意味だと説明されて納得がいく。胡散《うさん》臭く言葉を濁すから、紀理の正体がヴィジュアル的に恐ろしい妖怪なのかと思ってしまったではないか。それこそ目が三つも四つもあったり、角やら牙がたくさん生えてるような——。

「ああ……『怖い』ってそっちの意味で」

見た目で妖怪や猫を判断してはいけないと思うけれども、ほっとしたのは否めなかった。

「だから、恐れおののいて、紀理様を遠巻きにしてしまうあやかしも多いんです。工藤さんなんかは、紀理様に祓《はら》われても、その強さに惹かれて、うちのお手伝いさんをしてくれているんですが」

人見知りだからといって、台所に近づけてもらえなかった原因——妖怪のお手伝い工藤にも複雑な事情があるらしい。

「待って。『工藤さん』って、紀理に祓われた妖怪なの？」

「ええ。紀理様は人界ではそういうお仕事をしてるんです。長年、工藤さんは工藤という家に憑いていたんですが、妖気がたまりすぎて家に不幸が起こるようになったので、家主に相談されて……」

「妖怪が、妖怪を祓うの？」

いまの話では、迷惑をかけていた『工藤さん』を紀理が退治したように聞こえる。

「そうです。紀理様はとても強いので。人界で悪さをする妖怪がいると、よく相談をもちかけられるんです。だから、あやかしのなかではとても畏れられているのです」

では、紀理は頻繁に人界に出入りをしているのか。

いまいち、〈猫の国〉と人界との距離感がつかめなかったが、相談をもちかけられるくらいなら、紀理は人間と友好的な関係をもっているのだ。先ほどの話でも、そこらじゅうであやかしの世界と人界はつながっている、といっていたではないか。

「僕たちも時々仕事手伝ってるよ」

透耶は「え」と目を瞠った。

「きみたちも、人界にいってるの？」

「もちろん」とふたりはそろって頷く。

「その猫耳姿で？」

「ううん。猫か、人の姿に変身するよ」

夏来の話では、ふたりとも自在に姿を変えられるらしく、透耶は羨《うらや》ましくなった。

「そうか……夏来も秋生も、猫にも人の姿にもなれるんだ。〈猫の国〉では耳と尻尾をだしたままなのはどうして？」

「こちらの世界は妖気に満ちているので、自然とこの姿のほうが楽なんです。僕たちもまだそんなに力が強くないので。それに……」

秋生は途中で言葉を切り、夏来と顔を見合わせた。夏来があとを引きとって、にっこりと笑顔になる。

「紀理様が『おまえたちはその格好が一番かわいい』っていうから。僕たち、いうこときいてるんだよね」

秋生がはにかみながらこくんと頷く。どうやら主人の好みに合わせているらしい。

夏来たちはそれでいいかもしれないが、透耶は困る。

「どうやったら、猫耳と尻尾を消して、人間に見えるようになれるんだろう。僕も早く人界に行きたいんだけど」

「透耶は学習が早いから、焦る必要はないんじゃないですか。きっとすぐに変身できるようになりますよ。だってまだこちらにきて、一日目なんでしょう」

「そうだね……でも……」

自分が何者かわからない状態は不安だった。

しかし紀理は人界に行く術《すべ》を知っているし、夏来たちも自在に出入りしているようだから、いずれ調べにいけるだろう。

それにはまず自分の猫耳と尻尾を隠せるようにしなくては話ははじまらない。

「コツみたいなのがあったら、教えてくれる？　その耳と尻尾を引っ込める方法」

「僕たちもこちらで人間の姿になるのは、力が必要なので結構大変なんですが……」

「猫になら、簡単になれるよ」と、夏来が「はいはい」と手をあげる。

「どうやって？」

「どうって――猫になればいいだけだから。こう……」

夏来の目が金色に光った――と思った次の瞬間、パンと目の前に光が弾《はじ》けた。透耶が瞬《まばた》きをくりかえすと、いつのまにか夏来の姿は消えてしまっていた。

代わりに「にゃあ」と鳴き声がする。夏来がいたはずの座布団のうえには縞模様の――キジトラの子猫がちょこんと座っていた。

「わ、わ」

あまりにも見事な変身ぶりに透耶がびっくりしていると、子猫は「にゃあ」とうれしそうに鳴きながら座卓に乗り、てくてくと歩いてきて、透耶の胸に飛び込んでくる。

「夏来？　ほんとに夏来なのか？」

子猫は最初ニャアニャアと鳴くだけだったが、透耶が抱っこしながら頭をなでると『そうだよ』と答えた。

『ちゃんと変身できてるよね？　すごい？』

「うん、すごい」

素直に賞賛する。子猫は――夏来は透耶の肩に飛び乗ってきて、甘えるように鼻先をこすりつける。つい猫のような気持ちで、透耶も夏来に鼻先をこすりつけた。

「夏来、くすぐったい」

ぺろぺろと顔を舐められるので肩を揺らしていると、向かいに座っている秋生が硬い表情でこちらを見ているのに気づいた。

「秋生は？　秋生も猫になれるんだよね」

秋生は無言のまま頷く。しばらくすると、伏し目がちになっていた秋生の瞳が先ほどの夏来と同じように金色に光った。

次の瞬間、現れたのはサバトラの子猫。夏来とは違って鳴かずに、ちょこんと座卓の上に飛び乗ると、「猫になってみました」といいたげにじっと見上げてくる。

「おいで」

秋生はひょっとしたら夏来みたいにさわられるのはいやかもしれないと思ったが、手を伸

ばすと、一瞬ためらうようなしぐさを見せたものの、おずおずと寄ってきた。膝の上に乗ってきた頭をなでてやると、おとなしくそのまま丸くなる。

子猫の体温はあたたかくて、先ほどまで「早く変身できるようにならなくては」と感じていた焦りと不安もやわらいだ。いまはこうして人型でも、ふたりのぬくもりを感じられるから安心できる。

夏来は積極的に、秋生は控えめに甘えてくるのがかわいらしくて、透耶は雄のはずなのに母性本能に目覚めそうになってしまった。よくよく考えたら、〈猫の国〉では夏来たちのほうが二十一年も先輩なのに。でも愛らしいものは愛らしい。

「……あのさ、僕も今夜はひとりで寝るのは不安だから、みんなで一緒に寝ようか」

猫耳姿のときと同じように、子猫の夏来と秋生は「どうする?」というように顔を見合わせてから、二匹同時にこくんと頷いた。

布団を敷いて横になった透耶のふところに、夏来と秋生はそろそろと入ってくる。

『透耶、あったかいね。紀理様もすごく大きくてあったかいんだよ』

夏来がニャアと顔をすりつけてくる。

「紀理と寝ることもあるの?」

『最近はないけど、昔はよく一緒に寝てくれた。紀理様の毛並みはすごく綺麗で、気持ちいいんだよ。僕は肩に乗せてもらった』

「ふうん……」

『紀理様はすごく大きいから……』

紀理と夏来たちが一緒に眠っている微笑ましい構図を思い浮かべて、透耶は思わず口許をゆるめる。

「どのくらい大きいの？」

『………』

紀理の具体的な正体となると、例のごとく二匹は顔を見合わせて黙る。

しかし、もはやどんなに恐ろしい妖怪なのだろうと畏《おそ》れることもなかった。夏来たちがなついているのだから悪い妖怪のわけがない。それに、人間に頼まれて人界で悪さをする妖怪を祓っているそうなのだから……。

最初目覚めたときには猫耳少年たちに驚いていたのに、いまは夏来たちがいてくれてありがたいとすら思える。この毛並みの気持ちよさも、あたたかさも、とてもなつかしくて、親しいもの。

いったい自分は何者なんだろう——？

そんな疑問に頭を悩ますこともなく、透耶は夏来たちのやわらかい体温を感じながら自らも黒猫に戻ったような気がして、いつしか居心地のいい眠りにつつまれた。

〈猫の国〉で目覚めた翌日、ひょっとしてすべてが夢だったのではないだろうかと思ったが、朝起きてみるとやはり透耶のからだは人型で、手鏡を覗いてみると立派な猫耳が生えていた。

「透耶、おはよう」

ひとつの布団で眠ったせいか、夏来と秋生はすっかり透耶になついていた。朝食のために座敷に行く際、夏来は透耶の腕にしがみつくように甘えてくるし、驚いたことに大人びていると思った秋生まで、透耶の着物の袖のすそを引っ張ってくっついてくるのだ。

二十一年先輩といえ、猫の姿でも子猫だったし、夏来と秋生は精神的にはまるきり子どものようだった。透耶は親猫になった気分で、ふたりと手をつないで移動する。

「——おはよう」

座敷に入ると、すでに座卓の前に座っていた紀理は、透耶たちが手をつないでいるのを驚いたように見て微笑む。

「えらくなつかれたもんだね。——おや、秋生まで珍しい。おまえが誰かに甘えてるところなんて初めて見た」

指摘されて、秋生は恥ずかしそうに透耶の手をぱっと離す。

座卓のうえに並べられた朝食は、厚く切られた鮭の切り身に、黄金色の卵焼き、ぱりっとした海苔《のり》にあつあつのお味噌汁。

透耶は昨夜と同じように人間の食事を美味しく食べた。たった一日で、もう普通の猫だったころの味覚のほうを忘れてしまいそうだった。

「この朝ご飯も、工藤さんが用意したの？」

「うん」と夏来と秋生は頷く。

「工藤さんは一緒に食べないの？　挨拶したいんだけど、会えないかな」

「うーん」と首をひねる夏来たちに代わって、紀理が「シャイだからね。なかなか会うところまではいかないかもね」と答える。

父親でもない若い男ひとりに子どもふたり、そして姿を現さないお手伝いさん。あらためて考えると、不思議な家族構成だった。

朝食後、片付けをしようとしたら、昨日と同じく「工藤さんがいるから」とことわられた。しかし、お世話になっているのになにもしないというのも気が引ける。

台所を手伝えないのなら、家の掃除でもしようかと考えた。人間は道具を使って部屋を綺麗にするという知識はある。

「透耶、そんなことといいんですよ。僕たちがやりますから」

ぞうきんで廊下を拭きはじめた透耶を見て、秋生があわてて止めにくる。

「大丈夫だよ。これくらい」

台所は工藤が牛耳っているし、秋生と夏来もなんだかんだといってちょこちょこと動いているので、自分ひとりが遊んではいられなかった。

「透耶はお客さんだし、僕たちの仕事です」

「でも、きみたちが働いてるのに、僕が座ってるわけにいかないよ。みんなで手分けしたほうが早く終わると思うよ」

「はい……」と秋生は頷いて、隣でぞうきんをしぼりはじめる。ふたりで並んで掃除をしていると、「僕も！」と夏来がほうきを手に駆け寄ってきた。

「ゆっくりしてていいのに」と紀理にもいわれたが、とりあえず午前中は家中の床を拭いた。秋生たちは透耶が彼らの仕事を手伝ったことがよほどうれしかったらしくはしゃいでいた。工藤さんと子どもたちで家のことをやっているらしいが、これだけ広い家なのだから大変なのかもしれない。

正直、手伝えることがあって安堵《あんど》する気持ちのほうが大きかった。見知らぬ家にいきなり自分が何者かもわからないままお世話になっているのだ。好意に甘えてばかりもいられない。

それに、なんだかこうやって動いているほうが落ち着くようだった。縁側でごろごろしているほうが猫らしいのかもしれないけれども。

昼食のとき、秋生は興奮した様子で「紀理様、透耶は働き者です」と報告していた。

「そうみたいだね」

「昨日、僕たち一緒に寝たんです。透耶はとってもあたたかかったです」

「いいね。今度、俺も一緒の布団に混ぜてもらおうかな」

いや、さすがにそれは狭いのでは……と思ったが、夏来と秋生は「わーい、ぜひ」と万歳して喜んでいる。

「紀理様、約束ね」

血縁でもなさそうなのに、子どもたちはほんとうに紀理になついて慕っているようだった。そういう姿を見れば見るほど、ますます彼らの関係性が謎だった。

「──透耶、出かけようか」

昼食後、次は窓を拭こうかと考えていたところ、紀理に声をかけられた。

「〈猫の国〉のことを知らなくてはいけないから。近くを案内するよ」

透耶が返事をするよりも早く、夏来と秋生が「わーい」とはしゃいだ声をあげた。早速上着を着込み、蝶ネクタイを整えて手ぐしで髪をとかすと、「さあ、行きましょう」とばかりに紀理を見上げる。

「ごめん。ふたりは留守番しててくれるか。透耶に話があるから」

「──」

夏来たちはこの世の終わりみたいに絶望した顔を見せたものの、すぐにはっとした様子で
「そうか、大人同士の話が……」「だよね」と目配せし合った。

せっかく上着まで着たのに出かけられないのはかわいそうだと思ったが、ふたりは一転してニコッと笑顔になる。

「いってらっしゃーい！」

家を出る際には元気に見送ってくれたのでほっとしたものの、どうしていきなりご機嫌が直ったのかはわからなかった。しかし透耶にしても紀理に質問するためにはふたりきりのほうが都合がよかった。

人界のこと。猫耳を隠す方法。夏来と秋生と紀理の関係。そして、あの子たちはこちらにきて二十年以上経つのに、なぜ幼いのか。以前のことを覚えていないのに、どうして〈あやかしの猫〉のままでいられるのか。

外に出てみると、紀理の屋敷の周辺は同じような日本家屋の家が並んでいて閑静な雰囲気だった。

「紀理様、こんにちは」

「こんにちは」

すれ違うひとが挨拶をしてくるので、透耶も紀理の隣を歩きながら会釈した。挨拶したひとは興味深げに透耶を一瞥《いちべつ》して、なにかいいたげな顔をして去っていく。

しばらく歩いて大通りにでた途端、あたりが突如にぎやかになったので、初めて目にする異世界らしい風景に息を呑んだ。

〈猫の国〉の街並みは、現代の人界とは少し違っていて、レトロな雰囲気に満ちていた。たとえるなら、着物姿の紀理と、蝶ネクタイ姿の夏来たちの取り合わせのように、和洋折衷のモダンな空気が全体に漂っているのだ。

瓦屋根の和風の建物が続いているかと思えば、瀟洒《しょうしゃ》なつくりの洋館も見える。あやしげでエキゾチックな匂いがそこかしこにちりばめられていた。

そう——人界でいうと、少し前の時代にタイムスリップしたみたいで、すべてがセピア色の背景をしていてもおかしくないみたいに思える、古き良き美しさ。

男は紀理と同じように粋な着流し姿で歩いているものや三つ揃いのクラシカルな背広を着ているものが多い。女も和装と古風な洋装のひとが入り混じっていた。人間の姿のものもいたが、多くは猫耳と尻尾だけは見える半獣の姿だ。

夕べは夏来たちを見て、「なぜにいまどき蝶ネクタイと半ズボン?」と首をかしげたが、この街並みにはよく似合っていた。

紀理たち三人だけと顔を合わせて、家のなかにいるだけではわからなかったが、実際に外を歩いてみて、いままで住んでいた世界とは違うところにやってきたのだとはっきりと自覚した。

「〈猫の国〉って洒落《しゃれ》てるんですね。レトロというか」

透耶が歩きながら感想を述べると、紀理は少し驚いたように立ち止まった。

「少し昔の時代みたい？　きみはそういうのがわかるんだね」

「……そうみたいです」

夕べも〈猫の国〉にきたばかりにしては言葉がなめらかだと秋生に指摘されたことを思い出した。自分でもよくわからないが、知識のかけらみたいなものがふっとわいてくるのだ。

「猫は美意識が高いんだよ。あやかしは昔から生きてるから、一番美しいと感じた時代や風景を模倣してるんだろう。この街並みも妖力がかたちづくってるものだから」

なるほど、理屈としてはわかる。

一番よくわからないのは自分自身だった。ここが古い時代の風景みたいだと理解できるのに、こうして街中を直立歩行で歩いていると、つねに視線の位置が高いのになかなか慣れなくて転びそうになる。

そしてよろけるときにとっさにでる声はやはり「にゃっ」というものなのだ。

「大丈夫？　あんまりかわいい声で鳴かれると気になってしまう」

紀理が笑いながら腕をささえてくれた。

「す、すいません……みっともないですよね」

「そうじゃなくて。猫さらいに目をつけられるから」

たしかに透耶が細い声で「にゃ」と声をあげるたびに、すれ違うひとたちがじろじろとこちらを見ているような気がした。

猫は周囲には無関心なことが多いはずなのに——先ほど家を出たときからかすかに感じていたのだが、ただ歩いているだけで視線を集めているようで落ち着かなかった。

「僕は……そんなに目立ちますか？」

「いや。きみもここらへんじゃ見かけないから注目を集めてるんだろうけど、遠巻きに見てるような視線は俺が原因だから」

いわれてみると、透耶たちとすれ違う際、皆が道をささっと空けてくれている気がする。

それだけではなく家の周辺ならご近所さんということで納得できるが、こうして街に出てきても結構な人数が「紀理様、こんにちは」と声をかけてくるのだ。愛想たっぷりだったり、畏れているような目をしていたり——男も女も年代も表情もさまざまだったが、とにかく紀理の顔と名前が知られているのはわかった。

「紀理って、有名人なんですね」

素直に感じたままをいってみたら、紀理はとまどった顔を見せてから、唇の端をわずかにあげた。

「——そうだね、この姿だから」

紀理は目立つ端麗な容姿をしているけれども、それだけが理由なのだろうか。

「いまは俺がいるから大丈夫だけど、きみがここらへんをひとりで歩いてきたら、きっと変なやつに声をかけられるから気をつけたほうがいい。あやかしになったばかりの初心猫は狙われやすいんだ。猫売買のせりにかけられてしまうから」

猫又堂にお遣いにもやれない——といったのはおおげさだと思ったが、ほんとうに猫さらいがでるらしい。

「僕なんかより夏来たちは大丈夫なんですか？　あの子たちのほうがよっぽど拐《かどわ》かしたくなるような……」

「あれで、あの子たちは結構長くこっちにいるから」

疑問に思ったことが自然と話題につながったので、「その話ですけど……」といいかけたところ、紀理がふと一軒の店の前で足をとめた。

「透耶、あんみつを食べようか」

「甘いもの」という覚えたばかりの魅惑的な味覚を提案されて、透耶は猫耳を思わずぴくりとさせながら頷いた。

『すずかぜ』という看板のでているそこは、甘味屋らしかったが客はひとりもいなかった。店内は和風のこぢんまりとかわいらしい内装でまとめられていて、テーブル席が六つあるだけだ。

紀理はここでも顔を知られていて、「いらっしゃいませ」と奥から出てきた店のひとに、「あら、紀理様。こんにちは」と声をかけられた。清楚な着物姿の、ふんわりした雰囲気の猫耳の美人だ。

「鈴《すず》、座敷を使わせてくれるか」

「あらあら、昼間から……趣味が変わったのかしら？　その子、子猫ちゃんたちより大きいじゃないですか。紀理様はてっきり夏来や秋生みたいな子にしか興味がないのかと」

「それ本気で誤解されるからやめてくれないか。話をするだけだよ」

苦虫を噛《か》みつぶしたような顔で答える紀理に、鈴と呼ばれた猫耳美人は「うふふ」と笑う。名前のとおり鈴のようにかわいらしい声だ。

「初心猫ですか？　その子。あんまりこっちの世界の匂いがしないんですもの。慎重な紀理様が、とうとうその気になったのかと思いましたわ」

「——鈴」

紀理が低い声でたしなめると、鈴は「おお、こわ」と肩をぶるっと震わせてみせたが、顔は笑ったままだった。

初心猫？　昨日から気になっている言葉がまたでてきた。

「透耶。——鈴だよ。この店の主人。鈴、透耶はいま俺の家にわけあって滞在してるんだ」

紹介されて透耶が「はじめまして」と頭をさげると、鈴は「よろしくお願いします」と相好を崩した。笑っているのに、目がきらりと光る。

「そうなの、紀理様の家に……これはこれは本格的にお相手を……」

「鈴……」と紀理にあきれた顔をされて、鈴はあわてたように「うふふ、野暮よね」と口許を手で押さえた。

「そういや紀理様、さっきミミズクがさがしてましたわよ。家を訪ねたら留守だったって。ちょうど入れ違いでしたのね」

「なんの用だって？」

「相談事。例の件だって――結構焦ってました」

店内の壁に貼られている品書きには「あんみつ」「おしるこ」などの甘味屋らしい文字が並んでいる。でも、甘い匂いはなく、不思議な空気を感じた。外と違って、どこからかひんやりとした風が吹いてくるような……。

透耶が店内を見回していると、紀理に「行こう」と声をかけられる。

鈴に案内されて店の奥に進んでいくと、予想したよりも広い空間が待っていた。というよりも、道に並んでいるのを見たときには小さな店だったのに外観からは矛盾している面積だ。奥行きが広いだけでは説明できない。紀理の家のように妖力のせいで空間をどうにかしているとしか思えなかった。

廊下の先は真っ暗で、なぜか遠くに大きな鳥居が見えた。遥《はる》か先まで道が続いているようにも映る。鳥居の朱色がぼんやりと幻想的に光っている。どうして店のなかに鳥居などがあるのか。

だが、そこまで行き着くことはなく、鈴は途中の襖を開けた。

「ごゆっくり」

座敷に通したあと、鈴は「うふふ」と笑いながらぴしゃりと襖を閉める。一見可憐なのに、どこかねっとりとしている視線にいささか閉口した。

「……綺麗でかわいいひとですね」

「猫かぶってるからね。ほんとの姿はちょっとアレとは違うよ」

猫が猫を——笑うところなのだろうか、と思いながら、この店全体に漂う空気になぜか背中がぞわぞわとして、透耶は落ち着かなかった。

「どうした？　べつにとって喰いやしないから」

緊張を感じとったのか、紀理がからかうような目をする。

「少し落ち着いて話をしたいだけだよ。家だと、夏来と秋生がいるし。……そうだ、あんみつを頼んでなかったな。待ってて」

いったん座卓の前に座ったものの、紀理は立ち上がって部屋を出ていってしまった。

残された透耶はあたりをきょろきょろと見回してしまう。あんみつを頼みにいくだけなのに、紀理はなかなか戻ってこなかった。

座敷はもうひとつ部屋がつながっているらしく奥にも襖が見える。勝手に覗いてはいけないとわかっていたが、なんの部屋だろうという好奇心を抑えきれなかった。そろそろと近づいていってこっそりと覗いてみると、室内は薄暗く昼間から布団が敷かれていた。

ここはひょっとして、先ほどの美人の居住スペースで寝室なのだろうか。それにしては座敷も寝室も生活のにおいがしない……。

「美人さんの昼寝用……？」

透耶が呟きながら首をひねっていると、背後からそっと囁かれた。

「──連れ込み用だけどね」

「にゃあああっ」

いきなりだったので驚いてしまい、透耶は毛を逆立てながら振り返った。いつのまにか紀理が戻ってきていて、身をかがめておかしそうに透耶を見ている。

「はい、興奮しない興奮しない」

「け……気配消して、背後に近づかないでください」

「きみが布団を見て唸《うな》ってるから。鈴の昼寝用の布団じゃないよ。それを利用する客もいるから。──俺たちも利用する？」

「寝るんですか？　わざわざ外出してきて、昼寝？　もったいない」

「──」

紀理は微笑んで質問には答えないまま、やがて息をついた。

「きみにはまだあんみつのほうがお似合いだね」

座卓のうえには硝子《ガラス》の器に入ったあんみつとお茶をのせたお盆があった。どうやら作るのを待って運んできてくれたせいで時間がかかったらしい。

「どうぞ」とすすめられて、透耶は座卓に戻り、あんみつを口にする。あやしげな店だと思ったけれども、クリームやフルーツがのせられたあんみつは豪華で美味しかった。

夢中になって食べていると、紀理も無言のままスプーンを口に運んでいる。

「紀理、甘いもの食べるんですね。昨日、おまんじゅうを僕にくれたから苦手なのかと思っていました。余分も夏来たちに食べていいっていったし」

「普通に食べるよ。昨日はきみが物足りなさそうにしてたから。それに猫又堂の新作はあの子たちが楽しみにしてたからね」

「…………」

好物なのに、自分や夏来たちに譲ってくれたんだ——と知ると、なにやらそれだけで紀理がすごくいい猫に見えてきた。野良だったときには、餌を奪いあったような記憶もあったから。

「美味しい?」

「はい」

「——よかった」

紀理は自分が先に食べ終わると、透耶があんみつを口に運ぶのを楽しそうに見ている。やさしげに目を細められて、どことなく居心地が悪かった。紀理が自分を見つめる目には、いままで知らなかった不思議な成分が溶け込んでいるから。たとえるなら、初めて知ったお菓子と同じような味。

昨日会ったときから、紀理とふたりきりになると、お砂糖がたっぷり溶け込んでいるみたいな妙に甘ったるい雰囲気になるのはなぜだろう。

夏来たちのように子どもならば、やさしくされるのはわかる。だけど、自分はもう庇護《ひご》されるような年齢ではない。どうして紀理はこんなに親切にしてくれるのか。

「……紀理。さっき猫さらいの説明のときに『初心猫は狙われやすい』っていいましたよね。昨日も聞いたけど、初心猫ってなんなんですか。僕みたいにこっちにきて間もない猫のことですか」

「そう——まっさらで、魂に変な癖がついてないから。いろいろな目的で狙うやつがいる」

「いろいろな目的？」

「まあ、あんみつを食べて」

昨日もきちんと答えてくれなかったし、どうやら話しにくいことらしい。

家に戻れば夏来たちがいるし、落ち着いてじっくり説明を聞ける雰囲気ではないから、いま問い質《ただ》さなくてはならなかった。あんみつを食べ終えてから覚悟を決める。

「紀理。初心猫のこと、もっと教えてください。なんだか昨日からごまかされているような気がします」

「ごまかしてるつもりじゃないけど。もう少し時間が経ってからのほうがいいから」

「お願いです」

透耶が切羽詰まった顔をしていたからか、紀理は苦笑しながら観念したように「わかった」と息をついた。

「初心猫を狙う目的はいろいろだよ。よくものを知らないから、妓楼《ぎろう》に売り飛ばすやつもいるし。あと最大の理由は——孕《はら》ませられるから」

「——はい？」

なんだか突飛なことを聞かされたような気がして、透耶は瞬きをくりかえした。

「え？　孕ま……せる？」

「もちろん確実じゃないよ。あやかしが子をつくるのは難しいからね。可能性が大きくなるだけだけど。初心猫の魂は白紙の状態に近いから、種を仕込みやすいんだ」

「…………」

茫然《ぼうぜん》と固まっている透耶を見て、紀理が困ったように笑いながら「大丈夫？」と手を振って見せる。

「あ……はい。じゃあ初心猫の雌は危険だってことで……」

「雄雌は関係ないよ。あやかしは人間や動物とは違うから。実際には相手の魂と自分の魂の一部をうまく混ぜ合わせて妖力でつくりだすんだ。自分の分身に近いかもしれないね。だから、変な混ざり物がないほうが成功しやすいって理屈なんだ。初心猫じゃなくても、相手の妖力が強ければ孕ますことができる。初心猫のほうが器として優れているというだけで」

「雄も？　雄も孕むんですか？」

難しいことはよくわからないが、気になるのはその一点だった。野生の生き物としての常識が覆される。雄としてのアイデンティティの危機ではないか。

透耶のあわてた顔を見て、紀理は複雑そうに眉根をよせた。

「――孕ませようと思えば」

返ってきた言葉に、透耶はくらりと眩暈《めまい》を覚えた。

昨日から新しい出来事にそれなりに適応してきたつもりだけれども、さすがに衝撃を受けずにはいられなかった。

紀理に昨日「猫又堂にお遣いにもやれない」といわれたときには、「子どもではないのに」と少しばかり心外だったが、真の理由がわかってぞっとした。雄の――いや、男である自分をそういう目的で狙う輩《やから》がいるなんて。

「……だから、もう少しこの世界に慣れてから説明しようと思ってたのに。目覚めたばかりのきみには理解しがたいだろう」

透耶の反応を見て、紀理は弱ったような顔をした。

昨日からいいようにごまかされていると思っていたけれども、紀理は透耶の状況を考えて初心猫のことを詳しく教えないように気を遣ってくれていたのだ。

「大丈夫だよ。猫さらいがいるのは事実だけど、誰も彼もが初心猫を見れば襲いかかるってわけではないから。〈猫の国〉の住人は大半が紳士的だよ。子を成せるほど妖力のある者もそれほど多くはないしね。それに――俺の家にいれば、まず手をだしてくるやつはいないから」

「はあ……」

とはいえ、雄でもそういう目的で狙われると知っただけでも驚きだった。心臓の鼓動が速くなってしまい、治まらなくなった。

「――透耶？」

縮こまった透耶を見て、紀理が立ち上がってきて、そばに腰をおろす。

本能的な恐怖を覚えたからか、いくら心では落ち着こうと思っても、身体的な反応がでるのはどうしようもなかった。猫耳は折れてしまい、尻尾も丸まっている。全身が硬直してうまく動かない状態だった。

「大丈夫。怖くないよ」といいながら、紀理がそっと手を伸ばしてきて、折れてしまっている耳をなでてくる。

「……あれを昼寝用の布団だと思うくらいだものな。刺激が強すぎたか」

紀理の手で耳と頭をなでてもらうと、早鐘を打っていた心臓の鼓動が少しずつゆるやかになっていく。

以前にもこんなふうに誰かに頭をなでてもらった記憶がある。「大丈夫だよ」と笑ってくれたのは、いまの自分と似た顔をしている飼い主の少年だったのだろうか。

——この人間は怖くない。気持ちをわかってくれる。

そんなふうに思いながら、どこか儚げで、やさしい眼差しの少年を見上げて……。

「透耶？　もう一皿あんみつを頼んでこようか。おしるこでもいいけど」

紀理はなだめるように声をかけてくる。彼が悪いわけではないのに、怯えさせてしまったと責任を感じているようだった。

ようやく耳がぴんと元に戻ったので、透耶は「いいえ」とかぶりを振った。

「大丈夫です。……紀理は、いいひとですね」

いい猫というべきか迷いながらそう告げると、ほんの一瞬、いつも落ち着いているように見える紀理の目許が珍しく照れたように赤らんだ。

「わからないよ。俺もきみを狙ってるかもしれないし」

「紀理が僕のなにを狙うんですか」

売り飛ばすつもりならとっくに売り飛ばしているだろうし、猫さらいのことも詳しくは教えてくれないだろう。ましてや美味しいあんみつをごちそうしてくれたり、こうして怯えている自分をなだめたりはしないはずだ。

透耶のきょとんとした反応を見て、紀理はおかしそうに噴きだした。

「そうだね。やめておこう。……どうせなにをしても『毛づくろいだ』って思われそうだし」

いや、毛づくろいはしてくれてもいいんだけど——と透耶が考えていたとき、襖の向こうからいきなり声がした。

「紀理。ちょっといいか。俺だけど」

紀理が「ミミズクか」と襖のほうを振り返る。

どうやら先ほど鈴が「紀理様をさがしている」といった人物がきたらしい。

ミミズク？　猫の妖怪がいるのだから、なにがいても驚かないけれども、頭のなかでミミズクがしゃべりながら羽ばたいているところを想像してしまい、透耶はさすがにシュールな気分になった。

ミミズクは少しハスキーな男の声をしている。

「緊急の用なんだよ。あんたがかわいい子猫ちゃん連れて、この部屋入ったって鈴に聞いたけどさ。あんみつ頼んだっていうし、あんたのことだから、まだ服脱ぐとこには至ってないだろ？　段階踏むだろうし」

襖がどんどんと乱暴に揺れる。羽か、鋭いくちばしで叩いているのだろうか。すっかり頭のなかに乱暴な鳥の妖怪を思い描いて、透耶はおののいた。普通の鳥なら猫のほうが優位だが、ミミズクは肉食の猛禽類《もうきん》だ。

紀理は「……まったく」と息をつく。

「入るよ」

返事をしないうちに、しびれをきらしたように襖が開いた。

現れたミミズクは、透耶が想像していたような鳥の妖怪ではなく、羽もくちばしもなかった。普通に猫耳と尻尾をもつ〈あやかしの猫〉だったので拍子抜けしてしまった。

女物の着物を着ているので一見女性かと思ったが、声からして男のはずだった。この店の鈴がかわいらしい美人なら、こちらは涼しげな目許の美女だ。

ミミズクは部屋にずかずかと入り込んでくると、透耶を見て「おおっ」と目を見開く。

「マジかよ。ほんとに連れ込んでるよ。鈴が俺をかついでるのかと思った。紀理——あんた、もしかしたらチビ猫にしか興味がない危ないヤツなんじゃないかと、ちょっと本気で心配してたことがあったけど、ごめんな。変態疑惑かけたこと、謝っとくわ」

この美女、声と外見がまったく一致しない。「よいしょっ」と声をあげながらそばに腰を下ろすと、身を乗りだしてきて、透耶の顎をくいっとつかむ。

「かーわいいなあ。なあ、これ初心猫？　なあなあ、どうやって手に入れたの？　もうやっちゃった？」

「は……？　は？」

挨拶しようにもできなかった。いきなりわけのわからない女装猫耳男に「かわいいー！」と頬ずりされ、猫耳にチュッと口をつけられて、透耶は全身を硬直させて「にゃあああ」と声にならない声で鳴いた。

「──ミミズク」

紀理がすぐにミミズクを引きはがしてくれたので、透耶はとっさにその背中に隠れるようにしがみついてしまった。「ふーっ、ふーっ」と背後からミミズクを睨《にら》みつける。

透耶が毛を逆立てているのを見て、ミミズクは「いっちょまえに威嚇してるよ」と楽しそうに笑う。

紀理があきれたようにためいきをついた。

「いまさっき、みんなが襲いかかるわけじゃないって説明したばかりなのに。……よけいなことをするな。かわいそうに」

「なんだよ？　挨拶しただけだろ。こんなとこに連れ込んでるあんたにいわれたくないね。いいじゃないか。ちょっと舐めるくらい、減るもんじゃないし。紹介してくれよ」

「──」

少し間を置いてから、紀理が透耶を振り返った。

「透耶……ミミズクだよ。俺の知り合いだから大丈夫。ちょっと変わってるけど、悪いやつではないから」

透耶はおずおずと背中から顔をだしてミミズクを見る。「いやだなあ、そんなに褒めんなよ」とミミズクは頭をかきながら、相変わらず綺麗な顔としゃべる声がアンバランスなまま、にーっと笑いかけてくる。

猫なのにミミズクなんて変な名前——と思ったが、さすがに口にはしなかった。紀理の知り合いならば、お世話になっているのだから失礼をしてはいけない。

「透耶です……」

「透耶ね。よろしく。おまえ、結構俺のタイプだわ」

ぎらぎらとした目で見つめられて、透耶は「はあ……」と曖昧に返事をするしかなかった。曲がりなりにも透耶は男の格好をしているし、対するミミズクはしゃべりさえしなければ色っぽくて綺麗な女の人に見える。その美人に、瞳孔を見開きっぱなしの、まさに獲物を狙う猫のような目で見つめられるという、あたりまえのようでいて、どこか倒錯している構図。

「——透耶。ちょっと待ってて。俺はミミズクと話があるから」

びくびくしている透耶を振り返って紀理がそういうと、ミミズクは「ふふん」と片眉をあげてみせた。

「おっと、いいのか？　かわいい子ちゃんよりも俺を優先させて」

「茶化すな。急ぎの用件なんだろう」

紀理は立ち上がると、ミミズクを連れて部屋を出ていこうとする。襖の手前でミミズクが立ち止まり、透耶を振り返った。

「悪いね。邪魔して。旦那をちょっと借りるよ」

バイバイと手を振るミミズクの肩を、紀理が「くだらないこといってないで」と引っ張る。

「それに、俺は旦那じゃないよ。怯えさせるようなことばかりいうな」

「マジで？　じゃあなんでこんなとこに連れ込んでんの？　信じられないなあ。嘘じゃないなら、俺にちょうだいよ。絶対にかわいがるから」

「……落ち着いて話をする場所がほしかっただけだよ。それより人界の件できたんだろう」

「ああ、そうだ。またアレがでたんだよ。夕焼猫楼《ゆうやけねころう》の姐《ねえ》さんから聞いてさ。邪道の――」

ふたりはひそひそと話しながら座敷を出ていってしまった。残された透耶は、襖が閉められた途端にほっと息をつく。

「人界の――」という言葉が聞こえた。いまの透耶には行きたくても遠い場所。耳と尻尾を隠して、完全に人間に見えるようにならなければ辿《たど》り着けない。

猫耳にそっとふれてみる。

ふたりがどういう人界の話をしているのか知りたかったけれども、それよりもいまは気になることがあった。

先ほどミミズクに口をつけられたとき、一瞬パニックになりそうになってしまった。同じように紀理にふれられて、猫耳を舐められたときにはあれほど動揺しなかったのに。

ミミズクは親愛の情を示そうとしてくれていただけかもしれないのに悪いことをした――と思うと同時に、どうしてミミズクにやられたときには毛が逆立って、紀理のときにはお菓子を食べたみたいな甘ったるい気分になれるのか、その違いが単純に不思議だった。

数日後、紀理は「人界で仕事があるから」としばらく家を留守にすると告げた。それまで昼間ひとりで出かけることがあっても、夜になると必ず帰ってきていたのだが。

「三人とも留守番をよろしく」

出かける際にそういわれて、夏来と秋生のふたりは「はいっ」と勇ましく頷いた。

「透耶――きみは俺が帰ってくるまで、外には出ないように」

初心猫の件で衝撃を受けていたので、透耶はその言葉に素直に頷いた。いくら己が何者かを探究したくても、この世界ではあまりにも無知だった。

紀理が人界に行く理由はどうやら先日ミミズクの告げてきた「急ぎの用件」と関係があるらしかった。

この数日間、紀理の家で過ごす日々は平穏そのもので、透耶はいつのまにかその日常に溶け込んでいた。

美味しい食事を用意してくれるお手伝いの「工藤さん」にはまだ会えなかったが、夏来と秋生とはすっかり仲良しになった。

ふたりは透耶が家のなかで移動するとどこでもついてくる。性格が対照的なのに、なぜか同じように透耶になついてきた。

たとえば、おやつや食事のとき、夏来は豪快に食べるのですぐに口の周りを汚す。透耶がぬぐってやるとニコニコと笑うものの、学習することなくまた同じことをして抱きついてくる。対して秋生は、いつも綺麗に食べるのに、夏来が透耶に口をぬぐってもらっているのを見ると、自分も口の周りを汚して拭かないままじっとしていることがある。透耶が「おいで」と抱き寄せて綺麗にしてやると、やっと甘えられるとばかりにおずおずと額を押しつけてくるのだ。どちらも愛らしいことには変わりがない。

早く本来の自分を思い出さなければいけないのだが、夏来たちと一緒に過ごしてると、居心地の良さに不安定な立場を忘れてしまいそうだった。事態はなにも進んでいないのに。

紀理に「完全な人間に変身できるようになるにはどうしたらいいのか」とたずねたけれども、「まずは猫の姿になれるかどうかためしたほうがいい。そっちのほうが簡単だから」とアドバイスされた。

紀理が留守のあいだ、早速、透耶は変身できるように夏来と秋生から「猫になるコツ」を教えてもらうことにした。

「簡単だよー？　『猫になるっ』って念じればいいんだよ」

夏来の指導は抽象的だった。秋生も一生懸命に言葉で教えてくれようとするのだが、どうやら説明できることではないらしい。

結局、ふたりは目の前で一生懸命に変身場面を実演してくれて、何度も子猫姿を披露してくれたが、透耶には結局コツがつかめなかった。

「……駄目だね」

紀理が出かけてから数日経ったが、何度練習しても猫にもなれなくて、透耶は縁側でニャアニャアと膝《ひざ》のうえでなぐさめてくれる子猫姿の夏来と秋生をなでながら途方にくれた。

「紀理がしばらく人界に行ってるってときは、だいたいどのくらいなの？」

膝のうえの二匹は顔を見合わせてから、秋生がまず答える。

『数日から一週間。以前はだいたい一度人界にいくと、そのぐらいのペースでした。でも、透耶が家にきてからは、出かけてもこまめに帰ってきてたんですよ』

『透耶がいるからだよね。ここ一週間ほどわざわざ日帰りしてたのは心配だからなんだよ』

「そうなの？　僕がいるから？」

毎日夜に戻ってくるのは習慣なのかと思っていたのに——ほんとうは長く人界に滞在したいのに、透耶の存在が負担となっていたのなら申し訳ないことだった。

『うん。だって紀理様、外出から帰ってくると「俺がいないあいだ、透耶と仲良く過ごした？」「なにしてた？」って必ず聞くし』

夏来と秋生は「ねー？」と顔を見合わせて、なにやら意味ありげに笑う。

『今回はわざわざ「しばらく」といっていったので、長いのかもしれませんね。手こずってる仕事があるようなので』

早く自分も人界に行けるようになりたい。しかしこのまま変身能力を身につけられないと、紀理が帰ってくるまでなんのアドバイスも受けられないまま時間が経ってしまうことになる。

「手こずってる仕事？　紀理の仕事って、妖怪を祓うことだっていってたよね」

『今回は……ちょっと話に聞いたところだと、タチの悪いやつみたいです。悪質な〈魂喰い〉だといっていました』

「〈魂喰い〉？」

『邪道な妖術のために、人間や妖怪の魂を喰うそうです。なんでも相手の魂を喰って、相手そっくりの姿に化けてしまうとか。だから尻尾をつかみにくいみたいです』

「――――」

秋生の話を聞いて、不穏な気持ちになった。

現在の透耶は、夢のなかで見た少年とそっくりの容姿になっている。おそらくあの少年が自分の飼い主で、人型になるときに主を模倣したせいで、この顔になっているのだろうと推測していたけれども根拠はなにもない。

もちろん透耶は、〈魂喰い〉なんてモノは知らない。だけど、喰った相手そっくりの容姿に化けてしまうという話を聞くと、少し引っかかる。

まさかとは思うが、自分がその〈魂喰い〉とやらとなにか関係があるのではないか……と。

「〈魂喰い〉ってどんな妖怪なの？　ほかに特徴あるか知ってる？」

夏来と秋生は顔を見合わせて、「ううん」とかぶりを振る。

『――そうだ、ちょっと待ってください』

秋生が透耶の膝のうえから降りると、子猫から猫耳の子どもの姿に戻る。

「透耶の知りたいことの、参考になる本をもってきます」

秋生が部屋を駆けて出ていくと、夏来も子猫から子どもの姿へと戻ってあとを追った。

最初不思議だったのだが、人型に戻ったとき、夏来たちはいつもきちんと服を着ている。猫のときにはもちろんなにも着ていない。

どういうカラクリなのか疑問だったが、なんでもこちらの世界のあやかしたちの服は特殊な妖力を織り込んだ繊維でできているらしく変幻自在なのだということだった。衣服そのものが、魔法の道具みたいな妖力の塊なのだ。夏来と秋生はいつもかわいい格好をしているが、すべて「紀理様の趣味で特注品」とのことだった。

「これなんかどうでしょうか」

しばらくするとふたりは戻ってきて、透耶に一冊の本を差しだした。

あやかしの世界の特別な本でももってきてくれるのかと思っていたら、人界の本だった。『まんが妖怪辞典』とタイトルに書かれている。

「…………」

これはさすがに参考にならないのではないかと思ったけれども、せっかくもってきてくれたのでありがたく受け取る。

「え、と――こっちの世界の本はないの？」

「そうですねえ……」

秋生は困ったように首をひねる。一生懸命に眉根をよせて考える顔を見て、透耶ははっとした。秋生は夏来よりもしっかりしてるし、大人びた口調だからつい頼りにしてしまうが、中身は子どもなのだから変に悩ませてはいけない。

「うん、まずはこれ、読んでみるね。ありがとう」

透耶が本を示しながらふたりの頭をなでると、夏来は笑顔で頷き、秋生ははにかんだように目を伏せた。「秋生が照れてるっ」と夏来が指摘すると、秋生は「うるさい」とそっぽを向く。

「――なに読もうとしてんの？」

ふいに背後からひょいと手にもっていた本をとりあげられ、「え」と透耶は振り返る。

「妖怪辞典か。ふうん」

いつのまに家のなかに入ってきたのか、見知らぬ男が立っていた。年は透耶と同じか少し上くらい。こちらの世界では珍しく、黒のカジュアルなジャケットにジーンズという現代的な格好をしている。猫耳も尻尾もない。

侵入者に対して、夏来と秋生が「にゃあにゃあ」と鳴き声をあげる。

「返せっ、それは透耶が読むんだから」

秋生の抗議に、男は「うるさい、ちび猫。ちょっと見ただけだろ」とやりかえす。そのハスキーな声はどこかで聞いた覚えがあった。

「ミミズクの馬鹿ぁ。それは透耶のためにもってきてあげたんだから」

夏来のわめく声で、男の正体が判明した。甘味屋で会った女装の男、ミミズクだった。

あのときは女物の着物を着ていたから美女に見えたが、男物の服を着て短い髪をしていると、綺麗な顔をしているものの、少しやんちゃな感じのする青年だった。人界でいうなら、大学生ぐらいの年齢だろうか。

「なんだよ、ちび猫。そんなにムキになることないだろ。こんなもんでなにを調べようとしてたんだ？　わからないことがあったら、俺に聞けよ」

「ミミズクにわかるわけないよ。だって馬鹿だもん」

「なにぃ？」

秋生と夏来が足にぎゅっとしがみつくと、ミミズクはバランスを崩して畳の上に倒れる。その上に馬乗りになって「えいえい」とふたりがそろって拳《こぶし》をふりあげてポカポカと殴りはじめたので、透耶はさすがに「だめだよ」と止めようとした。

しかし、馬乗りになっている夏来たちも、つぶされているミミズクも互いに笑顔だった。どうやら憎まれ口をきいていても仲良しらしい。

「もうどけ。起きる」

ミミズクがからだを起こすと、夏来がその腕をゆさぶる。

「ねえねえ、ミミズク。紀理様はー？　帰ってこないの？」

「あん？　もうちょっと時間かかるかな。俺は用事があっていったん戻ってきたから、おまえたちの様子を見てこいっていわれたんだ」

まだ紀理は帰ってこないのか。聞きたいことがあるのに。

夏来たちが「そっかあ」と残念がる声をあげる隣で、透耶の耳もしゅんと折れたことにめざとく気づいて、ミミズクが笑う。

「そんな寂しそうな顔するなって。『妖怪辞典』でも読んでお勉強して待ってれば？」

馬鹿にされてるような気がして、透耶がむっと睨みつけると、ミミズクは「いやいや」とかぶりをふった。

「からかってるわけじゃないんだよ。ちび猫がもってきてくれたコレ、人界で仕事をするときには結構役に立つんだぜ。これは勝手に人間が想像上の生き物として妖怪を分類して作ったもんだけど、やつらの目に映るあやかしってものがどういう存在なのかを知るためには参考になるんだよ。……たとえば、俺たちと同じような妖怪がいるかというと、この本でいうと、『猫又』ってのが近いけど、同じわけではないんだよな。でも、まあやつらにはそんなモノに見える、ということがわかる」

「これに載ってるようなものはほんとうにはいない？」

「まあな。でも近いものはいる。人間には理解できないけど。それでも人界にいる限りは、やつらのものの見方が参考にはなるだろ？」

人間の考えるあやかしという存在がわかるという意味でなら、参考になる。でも、透耶が知りたいようなことは書かれていないのだ。

「そうか……ひとと、あやかしでは見えるものも違うんだね」

「ま、そういうこと。なんでも俺に聞きなよ。この業界、長いからさ」

業界？　と首をかしげなら一応「はい」と透耶が頷く横で、夏来と秋生は胡散臭そうにミミズクを見て、こそこそと囁きあう。

「ミミズク、なんか偉そうだよね」

「透耶がまだこっちの世界に慣れてないから、偉ぶってるんだよ。紀理様もいないし」

「――おいおい、そこの子たち、ちょっとうるさいよ」

ミミズクが注意すると、夏来たちはそろって「べーっ」と舌をだす。

透耶にしてみれば、多少胡散臭かろうと、この世界の疑問点を教えてくれるなら、誰でもありがたい。

ふと、目の前のミミズクが、紀理と同じように猫耳も尻尾もなく、完全に人間と同じ姿をしていることに注目した。

こちらの世界は妖気に満ちているから、自然と本性に近い姿のほうが安定するという理由で、完全な人間に変身することのほうが難しいらしいが、ミミズクはその難易度の高いことをやってのけている。

「あの——ミミズク」

妖怪辞典をぱらぱらとめくっていたミミズクは、「ん？」と詰め寄ってくる透耶を見る。

「お、なんだなんだ？　愛の告白？」

「いえ、あの——耳と尻尾を隠す方法を教えてもらえませんか。ミミズクはきっと妖力が強いから、こっちで人間の姿でいられるんですよね」

「いや、まあそんな褒められると、困っちゃうけどな。そりゃ俺は優秀っていえば、すげえ優秀だけど。……ん？　耳と尻尾？」

透耶が真面目な顔で頷くと、ミミズクはしかめっ面になって頭をかいた。

「……なんでそんなこと——あ、そっか。おまえはまだ変身できないってこと？」

「こっちの世界で目覚めてから、間もないんです。よく昔のことも覚えていなくて……紀理に本来の自分を思い出さないと、普通の猫に戻ってしまうっていわれて」

「あー、そうだねえ。妖力が足りなくて、変化しきれなかったってことになるみたいね」

「自分のことを思い出したいので、人界に行きたいんです。僕を飼っていたと思われる男の子の顔だけは覚えているので。手がかりをさがしにいって……」

おぼろげに「化け猫になりたい」と思っていたような記憶もあるけれども、自分がほんとうにあやかしになることを望んでいたのかわからない。

でも目覚めてから、透耶は〈猫の国〉のことをいろいろと知ってしまった。普通の猫に戻ることで、紀理や夏来や秋生との関係が絶たれてしまうのは避けたかった。

だって——具体的な記憶はないのに、昔の自分はとても寂しかったような気がするのだ。いつも独りぼっちでいたような……。

記憶のなかの、頭をなでてくれる手。眠りのなかで見た、やさしげな男の子。

あの男の子の手と同じく——この世界で右も左もわからない自分に親切にしてくれた、紀理の手をかさねて連想する。自分になついて抱きついてきてくれる、夏来と秋生のぬくもり。それらのすべてを失うのがいやだった。

「そりゃいまから普通の猫に戻るのはせつないよなあ。せっかくあやかしの世界の住人になれたんだから」

ミミズクは頷いたものの、「ん？」と首をかしげた。

「でも、そんなの——紀理のやつに頼めば、どうにでもなるんじゃないの？　このあいだはあのひともごまかしてたけど、あれって照れてるだけで、ほんとはおまえといい仲なんだろ？　おまえ、なんかヤツを怖がってないし、ちび猫たちはなついてるし」

「いい仲って……？」

「デキてるんじゃないの？　このあいだも俺が邪魔しなきゃ、ヤッてたんでしょ？」

「ヤッてるって？」

「だから……」とミミズクがいいよどむと、脇から夏来が「はいはい、交尾するんだよね？」と手をあげた。

「え」と絶句する透耶をよそに、ミミズクはにやけた顔つきになって夏来を抱き寄せる。

「おいおい、はっきりいうなよ。俺が恥じらってるのによ、このマセガキ。いや、おまえほんとは結構トシいってんだっけ」

「だってミミズクが教えてくれたんだよ。紀理様にはそういう相手が必要だって」

「え、俺そんな露骨なこといったっけ？」

「だってミミズク、下品だもん」

イヒヒと不気味に笑いあうふたりを、秋生が「かかわりたくない」とばかりに冷めた顔で見ていた。一方、透耶はあわてて否定する。

「待って。僕は紀理とデキてなんかない。だいたい雄同士だし」

「そんなの関係ないよ。俺たち、あやかしだし。まあ、普通に男女でくっつくほうが多いけどさ。妖力が強ければ強いほど、そういう生物的な観念は薄れていくから。俺だって一応、雄だけど、このあいだの女装見ただろ？　すげえ綺麗だろ？　性別をも凌駕《りょうが》してる俺の力。すばらしすぎる」

それには「あ……うん」と頷くしかなかった。なにか事情があって女装をしているのかと思っていたが、どうやら自分の好きでやっているらしい。

透耶の困惑を見抜いたのか、ミミズクは「あ、違うぞ」と首を振る。

「あの格好のほうが、情報を集めやすいからやってるだけ。仕事のためだよ。誤解すんな。人界でも紀理を手伝ってんの。時々ね」

それなら現代的な格好をしているのも、こっちの世界で人間の姿になれるほど妖力があるというのも納得だった。

「……にしてもさ、デキてるわけじゃないなら、おまえはなんで紀理のとこにいるわけ？」

「僕がこっちの世界にきて倒れていたとき、紀理が助けてくれたんだ。全然この世界のことを知らないから……この家にいてもいいっていってもらって」

「――ふうん。じゃあ、これから口説かれるんだ」

ミミズクはにやりと笑った。

「なんで？」

「だって、『この家にいてもいいよ』っていわれて世話になってるんだろ？　ちび猫たちと一緒に留守番任されて。……いきなり見知らぬやつに、なんの興味も好意もなければ、そんなことしないよ。おまえが好みの初心猫だったから、自分のものにしようと思って拾ってきたんだよ。魂に変な色がついてないやつは、妖力の強いやつにとっては魅力的だから。下心ってやつだよ」

どうして紀理がこれほど自分に親切にしてくれるのか、疑問だったのは事実だ。

まるですべて計算ずくのような、ミミズクのいいかたには納得できなかったけれども、いくつか思い当たる節はなくもなかった。先日、甘味屋に行ったときに、「わからないよ。俺もきみを狙ってるかもしれないし」といっていたのは――？

「でも……初心猫が狙われるから危ないって教えてくれたのも紀理だし、そんなつもりはないと思う」

「そりゃ、いまはアピールタイムだから。これから『紀理はいいひと』っておまえの気がゆるんだら、ガンガン口説かれるんだよ。……ほら、ちび猫のほうが事情をわかってる。さっきから否定しねえもん。なあ？　おまえらの大好きな紀理様は、透耶を狙ってるよなあ？」

ミミズクが笑いかけると、夏来と秋生は居心地の悪そうな顔で目をそらした。先ほどまでの調子だったら、「違うよっ、ミミズクの馬鹿ぁ」とでもいって飛びかかりそうなものなのに。

「夏来……？　秋生……？」

呼びかけると、ふたりは顔を見合わせてから、おずおずと透耶を見る。

「……僕たちにとっては、紀理様はお父さんみたいなものだから、透耶がお母さんになってもいいと思う……」

夏来に続いて、秋生も口を開く。

「紀理様が透耶みたいなひとを家に連れてくるのは初めてなんです。僕は最初から奥方様にするつもりで連れてきたんだと思っていました。紀理様はとても透耶に気を遣ってるし、怖がられないように好かれようとしてるのが見ててわかるし、てっきり透耶も気づいてるんだと……。好きになってあげたら、紀理様は喜ぶと思います」

ふたりの反応に「え？」と透耶が目をむくと、ミミズクが「やっぱりな」と息をついた。

「ほら、ちゃんと御主人様の心情を読んでる。おまえらも、こいつなら紀理と一緒になっても自分たちを邪険にしそうにないし、大歓迎なんだろ？　さっきから見てても、すでになついてるみたいだし」

こくんこくんと夏来と秋生が頷くのを見て、透耶は眩暈がしそうになった。三人のいいぶんを聞いていると、紀理は最初からそういうつもりだったが、透耶だけが知らなかったということになる。

「だって……紀理はそんな……僕とは会ったばかりなのに」

「その会ったばかりの、よく知らない相手を家においてるんだから、なにがしかの目的があるって考えるのが普通だろうに。だいたいおまえの猫耳と尻尾だって、紀理の妖力があれば、普通の人間に見えるようにして、人界につれていくのも可能なはずだ。それ以前に、普通の猫に戻るかもしれないって話もほんとだけど――でも、おまえの場合は運良く紀理がいるんだから、どうにでも回避できる。たとえ妖力がたりなくても、あいつに分けてもらえばいいんだから」

本来の自分を取り戻す方法以外でも、〈あやかしの猫〉でいられる方法がある……？

「どうやって？」

「だから、その――」

ミミズクは少し照れたようにいいよどんで、夏来の肩をぐいっと引き寄せる。

「おい、ちび猫。いってやれ。紀理様とナニすればいいんだって。おまえさっき元気よく叫んでただろ？」

夏来が「ああ、交――」といいかけると、その頭を「ばかっ、影響されるな」と秋生がたまりかねたように叩いた。

「いたぁいいいい」と悲鳴をあげる夏来の隣で、秋生が「まったく」とためいきをついて、透耶に向き直る。

「――紀理様と想いを通じ合わせればいいんです。そうすれば、紀理様の魂のかけらを分けていただくことができるので、妖力も増します。いま、透耶は猫耳と尻尾を見えなくして、完全に人間の姿になることを望んでるけれども、それもきっと自由にできるようになります。もちろん猫にも変身できます」

「え……それって、つまり――」

「契るんです」

そう告げながらぽっと秋生の頬が赤く染まったので、透耶はとんでもないことをいわせてしまったと焦った。ミミズクがしらけた視線を向けてくる。

「透耶。遠慮しなくてもいいぜ。こいつら、結構長く生きてるから。子どもだけど、子どもじゃない。紀理がどんな妖術かけたんだか知らないけど。だからさ、おまえのことも、あいつがどうにかしようと思えば、普通の猫に戻らなくてもすむのは簡単だと思うぜ。あいつ、聖獣の血をひいてるからな。そこらへんの妖怪と違う」

「聖獣……」

「昔から神様に仕えてた血筋なんだと。だから、街の連中も『紀理様』って呼んでるだろ。格が上なんだとさ。ちょっとでかい虎猫なだけのくせにな」

いまミミズクが説明してくれたようなことを、透耶は紀理から聞かされたことがなかったので、このまま事情を聞いていいのか迷う。子どもたちも「それ以上勝手にしゃべるな」とミミズクを睨んでいる。

「――お、なんだよ、ちび猫。怖い顔すんなよ。ま、そのうちに紀理のほうからいってくるよ。いま、ちょっとゴタゴタしてるからな。時期が悪い。待ってれば、わざわざ人界行って自分のことを思い出さなくても、紀理のものになれば済むことなんだから」

「そんなこといわれても……」

「いいじゃん。紀理のこと嫌いじゃないんだろ？　おまえはあいつを怖がらない。それだけで、たぶん貴重な存在だよ」

またただ。どうして誰も彼も紀理のことを「怖い」対象のようにいうのだろう。

「ミミズクは、紀理が怖いの？」

「俺？　馬鹿いうな。俺は勇ましいから、べつになんとも思わないけどさ。でも、まあ、ちょっと最初見たときはな――でかいからな、びっくりするよな。ま、すぐ慣れたけどな。神獣様って、いまも畏れてるやつ多いし。俺も『一緒に行動しててすごいわね』って周囲によくいわれるし」

ミミズクは得意そうに胸を張る。

「大きい？　紀理が？」

「サイズが違うだろ？　でも、まあ同じ猫だっていえば猫だしな」

隣で夏来と秋生が顔を見合わせて、「やっぱりミミズクは馬鹿だ……」と囁きあっているのが聞こえてくる。

初日からの違和感。紀理が「怖い」といわれる意味が、透耶にはさっぱりわからなかった。

「紀理のどこが怖いの？　みんな紀理のことを大きいっていうけど——そりゃ背は高いけど、ほかのひとから見て並外れたってほどじゃないし……顔だって全然怖くはないし。むしろその……」

怖いというよりは、綺麗に整った顔をしていると思う。

透耶がそう告げると、ミミズクは「え」と硬直した表情になる。

「そりゃ人間の姿のときは、どっちかっていうと優男だけど。でも猫のときは『でけえ』と思うだろ？　あれも綺麗な姿っていわれればそのとおりだけど。体長二メートルぐらいあるんじゃないか？」

体長二メートルもある猫——さすがにそこまで大きいとは思っていなかったので、透耶は愕然《がくぜん》とする。

「僕は紀理が猫になったところは見たことないんだ。紀理はずっと猫耳も尻尾もださないし。だいたい……いつも一緒にいる夏来と秋生も怖がってる様子ないし」

「そりゃこいつらは子どものときから見てて感覚が麻痺してるから——でもほかの猫から見たら『怖い』ってのはわかってるはずだぜ。猫になってなくても、人間の姿してても、うっすらと本体が見えるときがあるだろ？　こう……もやもやっとしたシルエットというか。妖気の迫力というか」

「え……見えないけど」

　透耶には、ミミズクがなにをいっているのかわからなかった。

「マジで？　あのさ、おまえは黒猫なんだろ？　俺はおまえ見てて、すぐにわかる。猫に変身してなくても。おまえはそういうの見えないわけ？　俺が何色の猫かわかるか？」

「――」

そんなものが見えたことはなかった。夏来と秋生がキジトラとサバトラの猫だというのも、変身した子猫の姿を見てはじめて知ったのだ。

「僕にはそんなもの見えない。みんな見えてるの？」

「見えないのか？　俺は黒に茶の毛がまじったサビ猫で、その色合いが鳥のふくろうとかミミズクに似てるっていうんで、『ミミズク』って呼ばれてたんだけど。……みんな、そういうのが普通に見えるっつーか、わかるっていうか。……なあ？」

ミミズクが同意を求めると、夏来と秋生は「うん……」と頷いたものの、すぐにフォローしてくれた。

「でも透耶は目覚めたばかりだから……変身もまだできないし。これから見えるようになるんだよ」

「そっか。そういう例もあるのかな？　でも、おまえはなんかちょっと変わってるよな。俺もおまえ見てると、黒猫だっていうのはわかるし、初心猫だとも思うんだけど――妙に人間くさいというか。ほかのやつとなにか違うっていうか」

ミミズクは「んんー?」と身を乗りだしてきて、透耶を自分に引き寄せる。

「わ」と驚く透耶に、「馬鹿、調べるからかがせろ」といって、顔を耳もとに近づけてくんくんと鼻をひくつかせる。

「な、なにかわかった?」

「——いや、わからん。……でも紀理なら、おまえがなんなのかわかってるんだろうな」

背後から夏来たちが「やっぱりミミズクは馬鹿だから」と声をそろえる。「うるせえな」といいかえしてから、ミミズクはもう一度顔を寄せてくると、透耶の耳の先をぺろりと舐めた。

「にゃあっ」

「へへー。もうけ」

透耶がなにかいうよりも先に、夏来たちがミミズクにとびかかった。

「ひどい、さわるな、透耶は紀理様のものなのに」

「いいだろ。べつにこのくらい。おまえらも舐めてやるから」

ミミズクがふたりの耳をぺろりと舐めると、双方とも「くすぐったい」と悲鳴をあげた。ニャアニャアと鳴いているけれども、決していやがってはいない。

そう——猫ならば、こんなふうなふれあいは平気なのだ。このあいだは初対面だからびっくりしたけれども、いまは透耶も先日ほどにはミミズクに抵抗がない。

でも、紀理のときは――なんで肌が赤く染まったりするのだろう。自分でも困惑してしまうような、あの甘ったるい雰囲気。

ミミズクたちがいうように、ほんとに紀理は透耶をそういう対象として家に連れてきたのだろうか。

奥方って――雄なのに？

「逃げろー」

ミミズクとじゃれあっていた夏来たちは、いつのまにか部屋から駆けだしていってしまった。その後ろ姿を笑いながら見ていたミミズクが透耶を振り返る。

「――なあ、透耶。おまえ、いまデキてないなら、この先紀理とどうにかなる気はないの？」

「わからないよ、そんなの……だいたい紀理がほんとにそんなことを考えてるとは思えないし」

「絶対におまえのことを自分のものにするつもりなんだと思うんだけどなあ。『やった、初心猫見つけた、ラッキー』って。――もし違ってたらさ、俺が相手になってもいいから、いつでもいってきて？」

「――は？」

透耶は目をぱちくりとさせた。ミミズクは悪びれた様子もなく笑う。

「いったじゃん。おまえのこと、結構タイプだって。でも、もう紀理のものだと思ってたからさ。違うっていうなら……」

ミミズクが透耶ににじりよってくる。甘味屋で初めて会ったときのように、目がぎらぎらしていた。半分、獣化しているようで、猫特有の縦長の瞳孔が見開きっぱなしになっている。

「え。ちょっと――」

「まあまあ、減るもんじゃないから」

腕をつかんで引き寄せられそうになったとき、夏来と秋生のふたりが「ただいま帰還!」と叫びながら部屋に舞い戻ってきて、透耶に迫っているミミズクを目にして「にゃーっ」と悲鳴をあげる。

「ミミズクが透耶を襲ってる!」

夏来たちが飛びかかってきたので、ふたりに押しつぶされるようにして、ミミズクは畳の上に転がった。

「馬鹿ぁ。透耶は紀理様がやっと連れてきた奥方候補なのに、横取りするなんて」

「ミミズクもいってたじゃないか。紀理様にいい相手がいないと、そのうち周りに『子どもにしか興味がない変態だ』っていわれるって。僕たち、紀理様が『変態』っていわれるのいやなのに……ほんとの泥棒猫だ」

ふたりの小さな拳にポカポカと殴られながら、ミミズクは「いてて」と唇をゆがめた。

「……いや、待て。ごめんよ。俺が悪かった。俺だって紀理のものを取るなんてしないよ。ヤツを変態にもしたくないし。そんな仁義に反したことをする男じゃない」

「じゃあなんで透耶に迫るんだよ」

「……いや、それは獲物を前にしたときの、野生の本能っていうか」

夏来と秋生は顔を見合わせてから、「やっぱり馬鹿ぁ」と再び拳を振り上げた。さすがに気の毒になって、透耶は「こらこら」と止めに入る。

「……透耶は紀理様のものなのに」

夏来と秋生にぐすぐすといいながら抱きつかれて、透耶はどう声をかけたらいいのか困惑した。

だってそんなこと――本人には一言もいわれていない。


紀理が家に戻ってきたのはそれから数日後の昼過ぎのことだった。

「ただいま」

「紀理様、おかえりなさい」

夏来たちはうれしそうに紀理に飛びついて出迎えたけれども、透耶はミミズクや夏来たちのいっていたことが頭に浮かんでしまったせいで複雑だった。

紀理が透耶のことを奥方にするつもりで家に連れてきた――。あれはミミズクたちの勘違いかもしれないけれども……。

「透耶、ただいま」

「お、おかえりなさい」

人界から帰ってきたからか、紀理は向こうの服装をしている。着物姿も似合っているけれども、仕立ての良さそうなスーツを着て、長い髪を後ろでくくっている姿もまた端整な雰囲気で目を引いた。スーツに長髪というのは普通なら難しい気がするけれども、顔立ちとスタイルがよいので、モデルみたいだった。

あわてて目をそらす透耶を、紀理が不思議そうに見る。

「なにか留守のあいだにあった？」

透耶が「なにも」と返事をする前に、夏来が「はいはい」と手をあげる。

「ミミズクが遊びにきたよ。紀理様に頼まれたっていってた」

「ああ……異常がないかどうか様子を見てもらいにね」

「どうしてー？　いままで一週間ぐらいじゃ、そんなことしなかったのに。あ、透耶がいるからかぁ」

夏来と秋生は目配せしあって、「透耶は紀理様に大切にされてるね！」と声をそろえる。

紀理がきょとんとするそばで、透耶は口許をひきつらせた。夏来たちはどうやら「透耶は紀理様のもの」という事実を周知徹底させるべく自分たちなりに頑張っているらしい。

しかし、透耶本人は、いくらお世話になっているとはいえ、奥方候補といわれてもピンとこなかった。

だいたいもしそんなことを考えているのなら、もっとふたりきりになったり、ミミズクみたいに迫ってくるのではないだろうか。正直、この家にいるときは夏来たちがいつも一緒にいるせいで終始ほのぼのムードで、色っぽい気配とは無縁だ。

紀理とゆっくりと話せる時間がほしかった。奥方云々はともかく、結局甘味屋に行ったときにも、初心猫のことを教えてもらっただけで、ほかのことは詳しく聞けていない。

本来の自分を取り戻さないと、猫に戻ってしまう。そのタイムリミットの一ヶ月までも、あと少ししかないのに……。

「ねえねえ、紀理様、遊ぼう。トランプがいい」

一週間ぶりの帰宅なので、夏来と秋生はいつもにもまして「紀理様」とはしゃいでいた。紀理が着替えて座敷にでてくると、夏来のリクエストでみんなで座卓に座ってトランプをはじめる。

わきあいあいとした雰囲気で、とうてい自分の深刻な問題など切りだせる空気ではなかった。せっかくの団欒《だんらん》を邪魔するのも悪いので、あとでいいかと思い直す。

トランプなどしたことがなかったが、教えてもらったばば抜きで、透耶はジョーカーがくるたびに「にゃっ」と叫んでしまった。はらはらするが、なかなか楽しい。

「透耶、顔にですぎだよ。それじゃ駄目」

夏来に指摘されたけれども、すぐに改善できるわけもない。順番的に透耶のカードをひくのは秋生だったのだが、「わかりやすすぎて逆に怖いです」といわれてしまった。

「ほんとは罠《わな》かもしれないしな」

紀理にからかうようにいわれて、透耶はあわててかぶりを振る。

「そ、そんなことしないです」

「冗談だよ」

紀理に笑顔を向けられると、どういうわけか顔が赤くなってしまう。ミミズクたちになにをいわれたって、紀理がほんとうに自分を奥方にするつもりで連れてきたのかわからないのに、意識するなんて馬鹿みたいだ――と思う。

透耶の表情の不自然さに気づいたのか、紀理が不可解そうに瞬きをくりかえした。なるべく目を合わさないようにしたけれども、どうやら態度を不審に思っているようだった。

こんなことではいけない。せっかくみんなで楽しくトランプをしている最中なのに。笑い声につつまれながら大勢でトランプをするなんて、子どもの時以来なのだ。

そこまで考えて、「え」とひそかに愕然とする。トランプなんて――人間がするのを見たことはあっても、自分は遊んだことがないはずだった。だから、さっき夏来たちにルールを教えてもらって……なのに、どうして子どものときにトランプをしたと考えたのだろう。なぜ？　トランプをしたのは誰の記憶？

頭のなかがこんがらがりそうになったとき、夏来がじっと大きな目を見開いて透耶を見つめてきた。なにかを訴えかけるような視線に、「なに？」とたずねる。

「透耶、トランプ楽しい？」

「うん、楽しいよ」

考えごとをしていたせいで、つまらないと思っていると誤解されたのだろうかと焦ったけれども、夏来はふんわりと笑顔になる。

「なんだか透耶って、ずっと僕たちと一緒にいるみたい。こうやって四人でいつもトランプしてるみたいな気がする。ねえ？」

秋生が隣で「うんうん」と同意して頷く。

「秋生もそう思うよね？　透耶はずっとこの家にいればいいのに。みんなで暮らせたら楽しいよ」

子どもたちに悪気がないのはわかっているけれども、だんだん包囲網を固められているようで困惑した。

いくら夏来たちが頑張っても、紀理にはその気などないかもしれないのだ。だいたい紀理は女の人にもてそうだし、いくら雄が孕める世界だからといって、透耶に固執する理由はない。

「ねえ、紀理様もそう思うよね？」

夏来が紀理にも同意を求めたので、透耶は内心「にゃあっ」と叫びそうになった。子どもたちに期待に満ちた目で見つめられて、紀理は明らかにとまどっている。

「――そうだな」

無難に相槌《あいづち》を打ったものの、子どもたちの態度の不自然さに気づいてる様子で、半分苦笑していた。

「わぁい。ねえ、透耶。紀理様もやっぱり透耶にずっといてほしいって」

「…………」

透耶はひきつった笑いを浮かべるしかなかった。夏来の一言が胸にちくりと刺さる。

ずっと――？

紀理の奥方という話がどうのこうのというよりも、そもそも透耶はこの〈猫の国〉にいられるかどうかもわからないのだ。

「ずっと」といわれてしまうと、不安定な自分の立場をあらためて振り返らずにはいられなかった。夏来と秋生がなついてくれるのはうれしいけれども、もしかしたら自分は普通の猫になってしまうかもしれなくて……。

「いやなの？　僕たちと暮らすの」

透耶がすぐに返事をしなかったためか、夏来が瞳をうるっと潤ませた。つられたように、秋生までどこかかなしげな表情になる。

「え……違うよ。いやなわけがないけど……その――」

言葉に詰まる透耶に、紀理が助け船をだしてくれた。

「――夏来。あんまり透耶を困らせてはいけないよ。彼はまだこの世界に慣れてないし、知らないことがたくさんあるんだから、先のことなんてすぐには答えられない」

「でも……」と夏来は不服そうな顔になる。

「紀理様も、透耶がこの家にいちゃ駄目だっていうの？　さっき『そうだな』って頷いてくれたのに」

「駄目だなんていってないだろ。ただ、透耶はそういうことを決められる段階じゃないんだから、焦らせるようなことをいってはかわいそうだ。夏来も、できないことを『やれやれ』ってせかされたら困るだろう？」

夏来ははっとしたように唇をかみしめて、「……ごめんなさい」とうつむく。秋生も同調したのか、ふたりそろって泣きそうな顔になっていた。

「べつに怒ったわけじゃないから、謝らなくても大丈夫だよ。……夏来も秋生も、透耶に甘えたいからそばにいてほしいって思っただけなんだよな」

夏来と秋生は顔を見合わせて、こくんと頷く。ふたりの耳がそろってしおれるように折れるのを見て、紀理が透耶に笑いかける。

「透耶。きみはこの子たちに気に入られたみたいだ」

「…………」

ずっと一緒にいる——と即答できないのは、この家で暮らすのがいやだからではなかった。普通の猫に戻ってしまって、あやかしの世界の住人ではなくなるかもしれない。もしそうなったら、夏来や秋生を期待させてしまうのがかわいそうだから、なにも断言できないのだ。

本来の自分を思い出せないことが歯がゆくて仕方なかった。

やがて午後のおやつの時間になると、夏来たちがお手伝いの工藤が作ってくれたというくずもちを運んできた。やわらかでモチモチとしたくずもちは美味しくて、夏来たちは食べ過ぎたせいで眠くなったらしく、畳のうえにごろごろしはじめた。

透耶は食べ終わった食器を片付けるために台所へと向かった。ひょっとしたら、工藤に会えるかもしれないと思ったが、台所にはすでに誰もいなかった。くずもちを作ったらしい調理道具はすでに綺麗に片付けられて、洗われている。

ひと見知りだから慣れるまでは姿を見せないとはいわれているものの、これだけ毎日お世話になっていて、挨拶できないのは心苦しかった。

「あの……工藤さん」

もうそろそろ自分の存在に慣れてくれたんじゃないかと、呼びかけてみたものの当然のことながらどこからも返事はない。「美味しかった」ということだけは伝えたくて、透耶はメモを書こうと思いついた。これなら会わなくてもお礼を告げることができる。

早速メモ帳をとってきて、「いつもありがとうございます」とお礼の言葉を綴《つづ》る。書き終わってから、透耶は自分の文字を見て不思議な気持ちになった。

どうして文字が書けるんだろう。いや、これもあやかしになった能力なのか。

お礼のメモをテーブルの上においてから、もやもやしたものを覚えながら座敷に戻ると、子どもたちはすでにお眠《ねむ》の様子で紀理の周りに集まっていた。

秋生は紀理の着物をぎゅっとつかんだまま、傍らで目を閉じている。

「ねえ、紀理様ぁ。……約束、守ってね……」

まだ起きている夏来も、紀理の膝の上に乗って、どこか寝ぼけた声でそういいながら、手を握っては指切りをせがんでいる。

「——ああ、わかってる。守るよ」

指切りをすると、夏来は安心したように微笑み、紀理に抱きついたまま「んん……」と心地よさそうに目を閉じる。

約束——？

夏来の頭を「よしよし」というようになでながら、紀理は部屋に入ってきた透耶に視線を移す。

「ふたりとも昼寝の時間みたいだ。なにかかけるものをもってきてくれる？」

「あ……はい」

薄がけの布団をもってきて、座布団を枕にしてふたりを並べて寝かせる。夏来と秋生はひとつにつながっているみたいに、同じリズムで呼吸をしていた。

ふたりを見つめる紀理の目はとてもやさしくて、あたたかい。自分の頭をなでてくれるときもこんなふうなのだろうか――と客観的に見せられているようで、透耶は少し気恥ずかしくなった。

親子でも兄弟でもない。紀理と、夏来と秋生はいったいどういう関係なのだろう。

「不思議だと思ってるんだろう？　この子たちのこと。ちょっと事情があってね。夏来と秋生はずっと子どものままなんだ。そのうちに成長することもあるかもしれないけど」

「……どうしてですか？」

「かなしいことがあって、思い出さないように――俺が魔法をかけてしまったから」

冗談と本気が半分入り交じっているような謎めいた笑顔。

普通なら信じられないことだけれども、ここはあやかしの世界だから、なにがあってもおかしくなかった。紀理ならほんとうにそういう魔法が使えるのかもしれないと思ってしまった。

「かなしいことって……？」

問いかけてから、透耶ははっとする。「すいません、いいです」とかぶりを振ると、紀理が驚いたように目を瞠った。

「どうして謝るの？　聞きたくない？」

「いえ、知りたいけど……紀理が夏来たちのことを思って、わざわざ思い出さないようにさせてることを、僕なんかが無神経に聞いてはいけないいんだろうと思って」

まだ出会ったばかりで、もしかしたら普通の猫に戻ってしまうかもしれない自分が立ち入るべきことではないかもしれないと思ったのだ。

「無神経だとは思わないよ。俺から話しはじめたことなんだから。――透耶はいい子だね」

紀理は微笑みながら腕を伸ばしてきて、透耶の頭と猫耳を「よしよし」となでてくれる。

紀理はこうやってよく頭をなでてくれるけれども、ひどく子ども扱いをされている気がした。奥方にしたくて連れてきたなんて、やはりミミズクや子どもたちの見当違いなのではないのか。紀理にとって透耶は、夏来たちと同列の扱いで……。

「……紀理。僕は、そんなに幼くはないんです」

どうしてそんなことを訴えたのか。思ったよりも尖った声がでたことに驚いた。紀理も意外そうな目をする。

「幼いなんて思ってないよ。誤解させたなら謝る。俺はいつも夏来や秋生と接してるから、もしかしたらつい癖で子どもに対するような態度になってしまってるかもしれないけど。最初に会った日から——俺は透耶を大人扱いしてるよ」

「……そうなんですか？」

じゃあ奥方候補っていうのもほんとうですか——という問いかけが思わず喉元まででかかって口を押さえた。

紀理が不思議そうに首をかしげる。

「帰ってきたときから……少し気になってたんだけど、俺が留守のあいだになにかあった？」

「い、いいえ、なにもないです」

「ほんとに？　ミミズクが家にきた以外で、なにか変わったことがあった？　誰かと会ったとか」

「いいえ、誰も。夏来と秋生が外にお遣いにいっても、『紀理様にいわれてるから、透耶はついてきちゃ駄目』っていわれて、僕は外には出てないし」

「そう——」と紀理はますます解せない顔をした。

「じゃあ、ミミズクとなにかあった？」

そもそもそれが発端なのだ。「これから口説かれるんだ」といわれたことを思い出して、頬がカアッと熱くなった。

「い、いいえ……なにも」

「なにもなかったって様子じゃないけど。顔が真っ赤だよ。ミミズクになにかされた？」

「なにかって、なにを……」

紀理はわずかに険しい顔つきをしている。あらぬ方向に誤解されていると気づいて、透耶はあわてて「まさか」とぶんぶんとかぶりを振る。

「じゃあ、どうして態度が変なのかな。俺がなにか――」

「違うんです。ただちょっとからかわれて――その、さっきから子どもたちが『この家で一緒に暮らそう』っていってくれてたのと同じノリで、ミミズクに……紀理が僕を奥方にするつもりで拾ってきたっていわれたから。『いいひとだ』って思われたところで口説くつもりだとか」

「――――」

紀理は驚いたように動きを止めた。

ほら、思いもかけなかったという反応だ――勘違いしていた自分が恥ずかしくなって、透耶はその場から消えたくなった。

「すいません。そんなはずがないですよね。紀理なら、僕なんかを相手にしなくても、ほかにいくらでもいいひとが見つかりそうなのに。僕も――こちらにきて、雄も孕むと聞いたり、衝撃の連続だったのでつい動揺してしまって。その……それで、変に意識したせいで不自然な態度になったんです」

下手に隠すと話がこじれてしまうので、透耶は正直に思っていたことを告げた。

「――なるほど、そういうわけか」

紀理はかすかに眉根をよせて頷く。

「はい。夏来や秋生にもいわれて……あの子たちに『この家でずっと暮らそう』ってお願いされると、僕も返事に困ってしまって」

「きみになついてるみたいだからね」

「はい……」

夏来や秋生にあんなふうに頼まれると弱い。

以前の自分がどう考えていたのか知るよしもないけれども、少なくともいまは〈あやかしの猫〉のままでいたかった。

ずっとこの家に住むわけにはいかなくても、〈猫の国〉にいればふたりに会うことはできる。

「紀理――僕はこのままでいたいんです。なにも知らない頃だったら、普通の猫に戻ってもよかったけど。いまは……夏来や秋生とも仲良くなれたし、がっかりさせたくないんです」

「がっかり？　どういうこと？」

「この世界のことはよくわからないけど――僕が普通の猫に戻ってしまったら、あの子たちとしゃべれなくなるし……そばにいられなくなるのがいやなんです」

「夏来と秋生のそばにいたいから？　そのなかに俺は入ってないの？」

「え」ととまどう透耶に、紀理はからかうような笑みを向けた。

「俺も忙しかったし、透耶は夏来たちに大人気だったから、あんまりふたりきりで話せる時間もとれなかったけど――。同じ家で暮らしてて、俺だけは別物扱いなのかな」

「そ、そんなことないです」

ここはきちんと気持ちを伝えなければいけないと透耶は姿勢を正した。紀理が頭をなでてくれたときに感じた――甘くて、初めて食べたお菓子みたいな気持ちは、自分にはとても大切なものだった。思わずくせになりそうなほど。

「紀理には、とても感謝しています。もし、最初にこちらで目覚めたとき、助けてくれたのが紀理でなかったら――僕はどうなっていたのかわからない。夏来と秋生だけじゃなくて、紀理ももちろん、三人と知り合えた縁をなくしたくないです」

「よかった。ちゃんと頭数に入れてくれてるんだね」

うれしそうに笑われてしまうと、奥方にしたいというのが勘違いだとわかっていても、透耶は顔が熱くなってしまう。影響されすぎだ――と思いながら、あわてて話題をそらす。

「紀理……忙しいって、人界の仕事ですよね。秋生に聞きました。〈魂喰い〉っていう妖怪が出ているとか」

「秋生は透耶にだけはおしゃべりだな。良いことだけど」

「僕が興味があってたずねたんです。その妖怪は――魂を食べて、その相手そっくりに化けてしまうと聞いたから」

自分の顔が目覚める前に見た黒猫と遊んでいた少年そっくりなのはなぜだろう。単純に飼い主を真似して化けたのではなかったら……と心配したことを思い出す。

でも、ミミズクは透耶のことを「黒猫」だといった。あやかしの目には人型をしていても、本体の姿がわかる、と。人間くさいと少し気になることもいっていたけれども……。

「――〈生命玉《せいめいだま》〉というのがあってね」

唐突に紀理が話しだした。透耶が「え」と聞き返すと、「〈魂喰い〉の話だけど」と薄く微笑む。

「……視界的には勾玉《まがたま》のかたちをしている。生命力の塊のようなもので……妖術でつくりだすんだ。その小さな〈生命玉〉のなかで、ひとつの世界が完結していると表現されるほどのパワーをもっている。〈魂喰い〉はそれを作りだす悪徳商人みたいな妖怪でね。ひとの魂を喰っては溜《た》め込んで、その〈生命玉〉をつくりだそうとするんだ」

「〈生命玉〉……」

「生まれ変わりの力を宿すものなんだよ。あるいは死んでいるものを生き返らせることもできる」

「そんなことが可能なんですか？　妖術で……」

「普通は無理だよ。ひとつの〈生命玉〉をつくるのに、千や万の魂が必要だともいわれている。〈魂喰い〉のほとんどは悪食なだけで、たいした力をもっていないんだ。〈生命玉〉の生成ができるなんて、ごく少数しかいない。反魂の術というのは本来禁忌だからね。だけど、生まれ変わりや死からの蘇生を願って、やつらの口車にだまされる人間やあやかしは多い。ごく希《まれ》に、ほんとうに強大な力をもつ〈魂喰い〉もいるしね。そういうものは、相手に化けて成りきっているので、なかなか尻尾がつかめないんだ。猫にも狐にも狸にもいるし——ひとつの種族というわけではないんだ。共通点は相手の魂を食らう——要するに、人や妖怪を食う者を〈魂喰い〉と呼んでいるんだ」

なにやら物騒な話になってきた。透耶がぶるっと震えると、紀理に「耳が折れてしまってるね」と指摘された。

「ミミズクから透耶が『妖怪辞典』を読んでたって聞いたけど、〈魂喰い〉のことが知りたかったのか」

「相手そっくりに化けるって聞いて……僕は自分が何者なのかもわからないので——猫に化けることもできないし。もしかしたら、と思って」

その疑惑は口にするのもおぞましかった。でも、自分がミミズクや夏来たちとは少し違う存在なのではないかと疑ってしまうのだ。なにせまだ猫にすら変身できないし、ミミズクたちには人型でも見えるという「猫の本体」が透耶にはわからない。

目覚めたときには「にゃあ」としかいえなかったし、甘い味もわからなかったし、外を初めて歩いたときには視点の高さに混乱した。でも、その猫の感覚というのは日に日に薄れていって……。

「まさか。〈魂喰い〉だったら、俺にはすぐわかるから大丈夫だよ。そんなことを心配してたのか。まあ、きみも少し……特殊例かもしれないんだけど」

「え?」と聞き返したが、紀理はそれには答えず笑っただけだった。

「とにかく〈魂喰い〉なんて人界の『妖怪辞典』には載ってないよ。ひとと、あやかしは見えるものが違うから」

「ミミズクもそういってました。でも、少しでもこの世界のことを知りたくて……」

「きみはさっきいったように、いまのままでいたいと思うんだね。元の自分に戻れるとしても?」

その問いかけは少し奇妙に聞こえた。もし、記憶が戻ったら——本来の自分は〈あやかしの猫〉ではなく、普通の猫に戻りたいと思うのだろうか。

そのほうが気楽かもしれない? あの飼い主の少年が恋しくはないのか。おぼろげな情景しかわからないけれども、きっと自分は彼になついていた。彼が飼い猫を心配している可能性だってあるのではないか。

だけど——いいようのない喪失感の残滓《ざんし》のようなものが心の底にある。目覚める前に見た風景はすでに失われたものだったような……自分がひとりだったような……。

「僕は――人界にいたとき、きっと淋しい猫だったと思うんです。記憶がほとんどないのに、時々そんな感情のかけらだけがふっと思い浮かぶときがあるから。だから紀理に親切にしてもらって、夏来や秋生たちと楽しく過ごすことができて、すごくうれしかった」

父親でもない若い男と、猫耳の子どもたちの組み合わせ。最初はとまどったけれども、すぐに家族のように馴染んで溶け込んだ。自分が猫だったときには、得るのが難しかった――あるいは、失ってしまったのかもしれないぬくもり。

「紀理にも話しましたけど……いまの僕そっくりの男の子とじゃれあってる記憶はあるんです。僕はその男の子のことがきっと好きで……彼と一緒にいるときは幸せだった。でも、ものすごくかなしいような、淋しいような想いもある。それがなんだったのかわからないけど――きっと僕はその男の子のそばにはもういなくて、〈猫の国〉にくる前は独りだったんだと思います」

「その飼い主かもしれない男の子は、人界ではもうきみのそばにいないと思うの？」

わからない。自信がない。ただ――本来の自分を取り戻さなくてはいけないとは思うのに、なぜか「帰りたい」という欲求がないのだ。それは自分に居場所がなかったことを意味しているのではないか。

「はっきりとはなにもいえないんですが……とにかく人界に行って調べてみたいと思います。僕が普通の猫に戻らないためには、本来の自分を思い出す必要があるって紀理はいいましたよね。夏来たちに教えてもらって、猫に変身できるかどうか練習してたんですけど、成果がでないんです。もちろん猫耳と尻尾のない人型にもなれなくて」

「個人差があるから、焦《あせ》らなくても大丈夫だけどね」

「でも一ヶ月が目安なんでしょう？　紀理の力で……僕を人界に連れていってくれませんか。このままでいたいからという理由だけじゃなくて、僕と同じ顔の飼い主の男の子がいるのなら――やっぱりその子に会いたいんです」

紀理は難しい顔つきで黙り込んだ。

ミミズクは紀理の妖力なら透耶を人間の姿にして人界に連れて行くことも可能だといっていた。透耶はまず自分の力で変身できるようになってからだと思っていたが、もうそれほど猶予がない。

「きみがわざわざ人界にいって調べて自分の記憶を取り戻さなくても、〈あやかしの猫〉としてここにとどまる方法はあるよ。ミミズクに聞かなかった？」

「どんな方法ですか？」

透耶が「教えてください」と身を乗りだして頼むと、紀理は困ったような顔をした。

「そんなふうに聞かれると、まったく気づいてないんだなって思っていいづらくなるけど。最初の話に戻そう。ミミズクたちがいってたのは、勘違いじゃないっていったら？」

「最初の話？」

ふいに紀理が膝を寄せてきて、間近から見つめてくる。やさしげなのに、ドキリとするような艶のある眼差しに、透耶は思わず息を呑んだ。

「——教えるから、少しじっとしてて。きみを大人扱いするよ」

「え……は、はい？」

わけもわからずに頷くと、紀理は透耶の頭をそっと引き寄せた。こめかみに唇をつけてそのまま猫耳を舐める。

ミミズクに舐められたときとは違う感覚。ぞくぞくとするのに、お菓子を食べているみたいに甘い。

これは大人扱いの毛づくろい？　じっとしてなきゃ——と思ったけれども、じわじわと顔が熱くなってしまうのはどうしようもなかった。

やさしくなでられて、耳元にふうっと息を吹きかけられると、ぞくりと背中がしびれて、思わず肩を揺らした。鏡を見たら、きっとまた肌が真っ赤に染まっているに違いなかった。

ふと紀理が頭をさげたので、いまにも鼻先がくっつきそうな真正面から顔を覗き込まれた。やさしく透耶の唇を指でなでてくる。顔を寄せられて、そのまま口を舐められそうだった。

夏来たちなら顔をぺろぺろ舐められてもべつに気にしないけれども、紀理相手だとどういうわけか心臓が飛びだしてしまいそうになった。

大人として、口を吸い合うという行為はつまり——。

「……あの、き、紀理？」

あともう少しで唇と唇がふれそうになったそのとき、紀理がふっとからだを引いた。

「震えてるね」

「す、すいません」

「謝ることじゃない」

紀理は透耶の頭をぽんと軽く叩くと、そのまま離れた。なにが起こっているのかわからずに、透耶はすぐには反応できなかった。

ミミズクがいっていたのは勘違いではないって、なにが？〈魂喰い〉の物騒な話題を挟んでいたので、いったいどこまで話が戻されたのか、頭が回らなかった。

鳩《はと》が豆鉄砲を食らったような顔をしている透耶に、紀理は「やっぱり通じてない」と苦笑を浮かべるばかりだった。

「——俺はきみを口説こうと思ってたんだよ。だから、ミミズクや夏来たちがいってたことは当たってるんだ。この世界に慣れるまでもう少し待つつもりだったけど」

「え……」

驚きのあまり、透耶は「にゃにゃにゃ？」と口にしてしまう。

「ほら、きみはいつもそんな反応だから」

まさかほんとうに「透耶は紀理様のもの」が事実だといっているのか。奥方にするつもりで、この屋敷に連れてきたと——。

困惑して口をきけないでいる透耶に、紀理はおもむろに断言する。

「俺のものになれば、本来の自分を忘れたままでも、きみをこの世界にあやかしとしてとどまれるようにしてあげられるよ」

(ごめんね――一緒にいられないんだ)

誰かがそういって泣いている声が聞こえてくる。

(ずっと一緒にいたかったけど、無理みたいなんだ)

自分をせつなげに見つめる眼差《まなざ》しと、やさしくなでてくれる指先のぬくもり。

彼はひどく申し訳なさそうにしているけれども、もともと自分は捨て猫だったのだから、気にしなくてもいいのにと思った。

彼に出会う前にも、小さな女の子に「かわいい」と抱きしめられて段ボールから家に連れてかえってもらったことがあったけれども、「駄目よ。飼えないんだから」という母親の一言で再び捨てられたこともあったのだから。

「いいひとに拾われてね」――そういわれたが、きっと自分の前にはそんなひとは現れないのだろうと思っていた。

変な人間に捕まって、叩かれて、傷つけられて、運良く開いていた部屋の窓から逃げだしたこともあった。以来、ずっと野良でひとを見ると逃げだすようにしていたけれども、彼だけは特別だった。

(――おいで)

手を差しのべてくれたときから、彼はほかの人間とはまったく違っていた。なぜなら、彼は猫である自分の言葉がわかったから。

(ねえ、トワ――僕とずっと一緒にいてくれる?)


目覚めたとき、透耶《とうや》は長い夢を見ていたような気がしたが、その内容がまったく思い出せなかった。

布団から起き上がりながら、目からぽろりと涙がこぼれるのを知った。こめかみのあたりはしっとりと濡《ぬ》れていて、自分が眠りながらずっと泣いていたことが察せられた。

胸の奥に苦しい塊みたいなものがある。だが、自分がわけもなく泣いていたという事実しかわからなかった。

夢のなかで「トワ」という言葉を何度も聞いたような気がする。

名前? 誰の――?

「おはよう、透耶」

顔を洗ってから座敷に行こうと廊下を歩いていると、途中で夏来《なつき》たちが駆けてきて腕を引っ張った。

「おはよう」

「ねえねえ、透耶。これから僕たち朝食を運ぶんだけど、手伝って」

「僕が手伝ってもいいの？」

台所には人見知りの「工藤《くどう》さん」がいるので、透耶はこれまで立ち入れなかった。昨日、夏来たちが昼寝をしたときにこっそりと洗い物を片付けに行ったけれども、そのときも工藤には会えなかった。

「いいんだって。工藤さんが許可したから」

「会えるの？」

「ううん。それはまだ無理みたいだけど……でも時間をかければそのうちに会えるよ。透耶、『いつも美味《おい》しいものをありがとうございます』ってお礼のメモ書いたんだってね。工藤さんは少しだけ心の扉を開いたみたい」

メモを書いて置いても、読んでくれるかどうか疑問だったが、気持ちは通じたらしかった。

朝からうれしいことがあったおかげで、透耶は目覚める前の夢のことを考えて落ち込まなくてもすんだ。夏来や秋生《あきお》にまとわりつかれながら台所へと向かう。

今朝、どうやら自分はかなしいことを思い出して泣いていたらしい。でも、いまは——こうして居場所があるのだから大切にしようと思った。そのためにも……。

「おはよう、紀理様《きりさま》」

朝食を台所から座敷へと運び終わると、ちょうど紀理が起きてきた。

「――おはよう」

微笑《ほほえ》みかけられて、透耶は一瞬間をおいてから「おはようございます」と返す。すぐに目をそらしてしまったのは、昨日からまともに紀理の顔が見られなかったからだ。

〈俺のものになれば、本来の自分を忘れたままでも、きみをこの世界にあやかしとしてとどまれるようにしてあげられるよ〉

思いもかけない提案に、透耶はすぐには頷《うなず》くことができなかった。とにかく人界に行って、本来の自分を取り戻して、〈あやかしの猫〉としての変化を完成させて、この世界の住人として生きる――それしか考えていなかったから。

結局、「少し考えさせてください」と返事をするのが精一杯だった。そのやりとりのあと、昼寝をしていた夏来たちがちょうど起きたので、話はそこでいったん終わった。

どうして紀理は自分などが欲しいのか。いや、そもそも「俺のものになれば」といったのは、ほんとうに「奥方になる」という意味なのか。さすがに昨日、口を吸われそうになったのは、ただの毛づくろいじゃないのだとわかっているけれども……。

「孕《はら》ませることができる」――以前、紀理がいった言葉を思い出してしまい、透耶はふいに呼吸困難に陥りそうになった。

「——透耶？　どしたの？　お熱でもあるみたいに顔が真っ赤だよ」

食事の途中で夏来に指摘されて、透耶はあわてて「なんでもないよ」とかぶりを振った。

秋生も心配そうな目を向けてくる。

「ほんとに顔が赤いね——大丈夫？」

紀理にも声をかけられて、透耶は動揺を押し隠しきれずに、「は、はい」とうわずった声で応えた。

紀理はしばらく透耶の顔をじっと見つめてから「そう」と頷いた。どうやら透耶がなにを考えて、ぎこちない態度になっているのか理由を察したようだった。少し考え込むような顔をしていたが、食事が終わる頃にはこう声をかけてきた。

「——透耶。今日はこれから出かける用があるから無理だけど、帰ってきたらゆっくり話をしよう。今後のこともあるから」

夏来と秋生が顔を見合わせて「今後のこと……」と呟《つぶや》き、どういう思考回路を経てなのか、いきなりぱっと笑顔になった。

「紀理様っ、今夜はごちそうを用意するように工藤さんにいいますっ」

「わーい、おめでとうございます」

子どもにしては先読みをしすぎるふたりの期待に満ちた目が、透耶をますます追い詰めた。

紀理が「仕方ないな」というように息をついたので、ふたりの誤解をといてくれるのかと思いきや——。

「いや、お祝いはまた日をあらためてにするから、今日はなにもしなくていいよ。まずは今夜、透耶と相談しなければならないことがたくさんあるからね。ふたりでじっくり話をさせてくれ」

夏来と秋生は「ふたりでじっくり……」と互いにちらりと目線を交わすと、なぜかそろってぽっと赤くなった。

「そうですねっ、でも祝言をあげるとなると、いろいろと準備が必要になるので」

「——それも必要になったら、おまえたちにはちゃんと知らせるから。今日は大丈夫だよ」

祝言？　いや、どこまで話が一気に進むのだ？

透耶は「あの……」と青ざめていいかけたけれども、紀理に目配せされて押し黙った。子どもたちががっかりするから、いまは否定しないでくれ——といっているようだった。

外堀から埋められていくような無力感に、透耶はひとりで困惑するしかなかった。

でも、昨日いっていたのは冗談でもなんでもなく、紀理は本気なのだということはわかった。祝言——ということは、ほんとうに透耶を奥方にするつもりなのだ。

「透耶、紀理様がお出かけするので、お見送りを」

「僕たちは遠慮するね」

朝食後、紀理が出かけるときになって、やけに元気な夏来と秋生にぐいぐいと玄関に引っ張られて連れていかれた。

苦笑している紀理の前まで透耶を押しだすと、ふたりは「では、紀理様、いってらっしゃい」といってすばやく奥へと引っ込む。

残された透耶は、どういう顔をして紀理を見たらいいのかわからなかった。紀理はからかうような目をしている。

「かわいいね。あの子たちはほんとうにきみが好きみたいだ」

「……僕はまだ返事を……」

「わかってる。でも、ちゃんと俺の意思表示はしておきたかったから。もう少し気長に待つつもりだったけど、ミミズクにきみをとられてしまうのは困るしね」

まるで嫉妬しているみたいな――あまり感情的にはならないような紀理に、意外なことをいわれて驚いた。

「ミミズクとはべつになにもないです」

「それもわかってる。ただ最初に会ったときから、俺はそういうつもりだったって――それなりに態度にだしてたつもりだったんだけど、どうやら上手《うま》く伝わってなかったみたいだから。それに、さっき夏来や秋生のうれしそうな顔を見たら、つい『違うよ』っていいそびれた」

その気持ちはわかりすぎるほどわかるので、透耶としては責めるわけにもいかなかった。この家で暮らすのは楽しい。三人に出会えたからこそ、〈あやかしの猫〉として生きていきたいと思った。夏来と秋生はかわいいし、紀理にも感謝している。

「――俺が嫌い？」

あらためて問われると、考えるよりも早く、透耶は反射的に「まさか」と首を横に振った。嫌いなわけがない。でも……。

「紀理は……僕を好きなんですか？」

「好きじゃない相手と祝言をあげようなんて思わないよ」

愚問だといわれているようで、透耶は「う」と言葉に詰まった。

「――続きはまた今夜にでも話そう。俺はあんまり口説くのが上手じゃないみたいだね。今日はどうしても出かけなければいけない用事があるから。でなきゃ、きみのそばにいるんだけど」

「…………」

紀理はいままで「態度にだしていた」というけれども、これほどあからさまな言葉は口にしなかったと思う。

どうして急に――。

とはいえ、紀理に「いってくるよ」と慈しむような眼差しを向けられると、疑問をぶつけることはできずに、透耶は真っ赤になって「いってらっしゃい」というしかなかった。

冷静になって思い返してみると、たしかに紀理は透耶を最初からそういう対象として見ていたのかもしれない。最初にこの家で目覚めた日、「大人の話をしようか」といわれて、耳を舐《な》められたことがあった。

あれはてっきり親愛の表現だと思っていたが、それ以上の意味があったのか。甘味屋に行ったときも、隣の部屋の布団を見てなにかいっていたような……。それより前に大きな風呂をつくって一緒に入ろうと変なこともいっていたような……。記憶を辿《たど》ると、さらに顔が赤らんできて、思い当たることがあるたびに「にゃにゃっ」と叫びたくなる。

午前中、透耶はいつものように家の掃除をしたけれども、そんな調子であれこれ考えてしまって集中できなかった。そして秋生たちはべつの意味で浮き足立っていて、まったく集中していなかった。

「祝言はどうしよう？」

「鈴《すず》さんに相談したらいいんじゃないかな。なんでも知ってるから」

「そうだね。生き字引だもんね」

キャッキャッとはしゃぎながら話している声が聞こえてくる。……駄目だ、うかつに近寄れない——と透耶は思った。いったいどうしたらいいのか。

透耶としては、この世界で暮らしたいとすでに心は決めている。とはいえ、目覚めてから数週間経《た》ってもいまだに猫にも人間にも化けられないのだから、〈あやかしの猫〉として完全に変化するためには、紀理のいってくれたとおりに奥方になるのが一番いいのかもしれない。

雄同士なのに——と最初はびっくりしてしまったけれども、紀理のことは嫌いではない。嫌いではないというよりも、むしろ——なにせミミズクに耳を舐められてもドキドキはしないけれども、紀理に同じことをされると心臓がおかしくなるのだ。

この症状が病気ではないのなら、紀理は自分にとって特別な存在なのだろう。接しているだけで、甘いお菓子を食べたみたいな気持ちになるのだから。

それに、紀理はいまだにどこの誰かもわからない自分なんかを望んでくれているのだから——とそこまで考えて、あることに気づく。

もしかしたら一番引っかかっているのはその部分かもしれなかった。紀理の奥方になれば、その妖力によって自分を取り戻さなくても、このままでいられる。

だけど、何者なのかもわからないまま、ほんとうに知らなくていいのか——？

自分もだけど、そんな正体不明の相手で紀理はいいのだろうか。

「透耶。留守番をしててください。僕たち、ちょっと出かけてきます」

午後になってから、夏来と秋生はそろって外出着に着替えて透耶の前に立った。

「買い物？　まだ食品は配達してもらったのがたくさんあるんじゃないの？」

「うん。あのね、『すずかぜ』にいって、鈴さんに相談があるから――」

元気よく応える夏来の腕を、秋生がぎゅうっとつねる。「いたぁい。なんで？」と涙目になる夏来の横で、秋生がにっこりと笑う。

「夕方までには帰ってきますから」

「……そう。いってらっしゃい」

見送ってからいったん玄関の戸を閉めたものの、透耶はそっと戸の隙間をあけてみる。門へと向かうふたりが「夏来の馬鹿、まだ秘密にしなきゃ駄目なんだよ」「なんでー？　透耶は花嫁さんで主役なのに」とこづきあっているのが見えた。もしかしなくても、祝言の件で甘味屋の鈴に相談しにいったのに間違いなかった。「うふふ」と猫耳美人の鈴が、喜んでふたりの話を聞く姿まで容易に想像できる。

一瞬、ふたりを追いかけたいような衝動にかられたが、透耶は外には出られない。紀理に「出かけるときは俺が一緒でないと駄目だよ」といわれているのだ。

でも、鈴の店なら――道順は覚えている。それほど遠くもない。

しばし迷ったのち、透耶は玄関の戸を開けた。ひとりで外に出たのは、これが初めてだった。

よく手入れされた庭、飛び石の道が門までまっすぐに伸びている。おそるおそる歩いて、立派な造りの腕木門《うでぎもん》の戸に手をかけて開けてみる。

あたりは同じような屋敷が並んでいる通りなので、とても静かだった。秋生たちの姿はもう見えない。戸口に立ってみたものの、透耶は結局敷地の外には出なかった。

紀理の注意をきかないのは危ないような気がしたし、だいたい夏来たちを追いかけて、なにをいうつもりなのか。

祝言はしないんだ――と？

でも、自分がなにを望んでいるのかはわかっている。この家でずっと暮らしたい。

雄同士で祝言をあげられるなんて考えられなかったから少しとまどっているだけで――紀理のことは好きなのだ。

紀理はこのあいだ途中でやめてくれたけれども、口を吸われるのだってたぶんいやではない。

いやではないどころか……。想像するだけで顔が火照《ほて》る熱と、胸のなかに甘いものが広がっていく感覚に、やはり紀理は自分にとって特別なのだと確信する。

奥方になる、ならないはともかく、その気持ちだけは認めよう。そう決めてしまうと、一気に楽になった。

透耶としては、自分が何者かということをうやむやにしたくない。ここに残る手段として紀理の奥方になるのではなく――ちゃんと本来の自分を取り戻したうえで、紀理や夏来や秋生のそばにいるのが一番いいのではないか。

門の戸を閉めて、屋敷への飛び石の道を歩いているとき、透耶はふと庭の木の陰に佇《たたず》んでいる人の姿を見つけた。

割烹着《かっぽうぎ》姿のまだ若い女性で、頭には三角巾をかぶっている。所帯じみた格好をしているけれども、うりざね顔のしっとりした風情の美人だ。

なんでこんなところに、知らない女のひとが——？

透耶がびっくりして足を止めると、女はにっこりと恥ずかしそうな笑いを浮かべながら近づいてきた。

「……いまからお暇するところだったのですけど、見つかってしまいましたね」

かぼそい声で恥ずかしそうにいう。三角巾に割烹着——台所で家事をするような格好に、透耶は「あ」と声をあげた。

「もしかして、工藤さんですか？」

「はい。透耶さんには初めてお目にかかります」

いつも姿を見せずに台所でお手伝いをしている妖怪——工藤がこんなに艶《つや》っぽい美人だとは知らなかった。紀理に祓《はら》われたことがある妖怪だというので、料理上手だけれども外見はもしかしたら怖いイメージなのかと思っていた。

「透耶です。いつも美味しい食事をありがとうございます」

「いえいえ。わたしが好きでやっていることですから」

工藤は口許を押さえて小さく笑う。

「透耶さんは紀理様の奥方になると聞きました。おめでとうございます」

もう話が伝わっているのかと驚いた。しかし、夏来と秋生があんな調子だから無理もない。

「いや、なにも決まってないことなので」

「……そうですの？　透耶さんなら夏来たちもなついているし、お似合いですわ。でも、透耶さんが奥方になったら、わたしはもう不要ですね」

工藤の顔色がふっと曇る。透耶がこの家にいることで、ほかの誰かがそんなふうに考えるとは思ってもみなかった。

「まさか。工藤さんは僕よりも先に家にいる方なんだし、そんなことといわないでください」

「……わたしを必要だと思ってくださる？　もしものときには口添えしてくださるかしら」

「もちろんです。だいたい僕が奥方になると決まってはいないんです」

たとえ誰が奥方になったとしても、紀理はいままで食事を作ってくれていた工藤を追いだすような真似《まね》はしないだろう。夏来たちも工藤の料理が大好きだ。

「そうですの？　早くお決めになってしまえばいいのに。でも、そういっていただけて、安心しました」

工藤は微笑んでから、ふと眩暈《めまい》を覚えたようによろけた。透耶はあわててそのからだを支える。

「ええ……」と頷いたものの、工藤は額に脂汗をにじませて顔面蒼白《そうはく》だった。

「大丈夫ですか？」

「どこか具合が……」

「いいえ。大丈夫です。……わたしは以前、紀理様に祓われたことがあるのです。あの方の妖力は強大で……この屋敷のいたるところにその妖気が漂っている。だから、時々つらくなるのです」

工藤は、人界で「工藤」という家に憑《つ》いていたのが名前の由来だと聞いたことがある。紀理に一度は祓われたのだから、紀理の妖力を畏《おそ》れているのはわかるが、なにかが不自然だった。いまも妖気を感じただけで、それほど不快になるのならば、お手伝いさんなんてやっていられるのだろうか……。

「……ああ、少し休みたい。透耶さん、家のなかに入れてくれませんか。わたしは台所の勝手口からしか家に入れないのです……」

「あ、はい……」

すがりつく彼女をあわてて抱きかかえるように歩きだしたものの、ふとあることに気づいて足を止める。透耶の腕にそえられた彼女の手――ほっそりと長い指の先には、毒々しいほどの真っ赤な長く尖《とが》った爪が生えている。女性のお洒落《しゃれ》かもしれないが、いつも台所にいて料理をしている工藤が、こんな爪をしているものだろうか……。

「透耶さん？」

動かない透耶を、工藤が不思議そうに見る。透耶はためらったものの、思い切って疑問を口にした。

「あなた……ほんとうに工藤さんなんですか？」

え――と瞬《まばた》きをくりかえす工藤の唇が、ふいに気味悪くニィィと釣りあがる。

『工藤でなければ、なんだというんです？』

その唇から漏れたのは、先ほどまでのかぼそい女性の声ではなく、男のものだった。

――偽物だ。

透耶がとっさにからだを突き飛ばすと、工藤はあっけなく後ろに吹っ飛んだ。こちらを睨《にら》む顔つきも、艶っぽい美人から変化していた。三角巾の下は、縁日で売られているような狐面《きつねめん》だった。

「ええい……忌々《いまいま》しい虎め。あやつの妖気のせいで、姿を保つことすら難しい。もう少しだったのに！」

そのとき透耶の背後で、屋敷の戸が勝手に開き、中から突風が吹き荒れた。風は狐面を直撃し、さらに後ろへと跳ね飛ばした。

「おい、そこの黒猫！　奪ったものを寄こせ！」

狐面が透耶に向かって叫ぶ。

透耶はなにが起こったのか理解できないまま、その場に固まっていた。まるで風が意思をもっているようだった。見えない空気の流れが刃《やいば》になって、狐面に襲いかかる。焦げるような匂いと、「ひぃいいい」という叫び声。

そこで初めて、ただの風ではないと気づいた。昼間の明かりで見えにくいが、それは炎だった。流れるように舞う、青い炎が狐面のからだを覆っている。やがて狐面はふっと消えてしまった。

あたりは何事もなかったように静まりかえっている。もう危険は去ったことはわかっていたが、透耶は息を呑んだまましばらく動けなかった。

狐面は気になることをいっていた。「奪ったものを寄こせ」だとか、「忌々しい虎め」とか。

――虎？　誰が？

その夜、夕食のあと、透耶のほうから紀理に話があると告げた。夏来と秋生はすっかり誤解して、「おふたりでごゆっくり」と早々と自室に引きこもったが、透耶が話したいのは子どもたちが期待しているような用件ではなかった。昼間の狐面のことだ。そしてあれがいっていた奇妙な台詞《せりふ》。

「どうやら色っぽい話ではなさそうだね」

透耶のいくぶんこわばった顔を見て、紀理は察したように「ほかの部屋で話そうか」と立ち上がって座敷を出た。

長い廊下をわたって連れていかれたのは、どういう構造になっているのか相変わらず謎だが、いままで知らなかった離れの別棟だった。

書棚と文机があるシンプルな部屋は、紀理の私室らしかった。「どうぞ」とすすめられた座布団のうえに透耶はいくぶん緊張しながら腰をおろす。

紀理が少し疲れたような顔をしているのが気になった。

「紀理、仕事が忙しいんですか」

「ああ……ちょっとね。気にしなくても大丈夫」

いい子だね、というように頭をなでかけてから、紀理は「これは子ども扱いしてることになるんだっけ」とあわてて手を引っ込める。

「あ、いえ。大丈夫です」

そういいながらも、狐面の台詞を思いだして透耶の口許はわずかにひきつる。

こんなにやさしいのに、まさか虎だなんて――。

同じ猫科とはいえ、虎と猫では生き物としてあまりにも違いすぎる。ミミズクも夏来たちも紀理を「大きな猫」というように表現していたのに。いや、虎もたしかに「大きな猫」には違いないのだけれども……。

しかし、紀理が虎だとすると、すべて符号が合うのだ。紀理の本来の姿のことになると、夏来たちがなぜか言葉を濁すこと。「怖い」と表現されること。いくら人型の紀理がやわらかな物腰の美男子でも、あやかしには本体の虎の姿が見えるからこそ、街を歩いているとみんな道をあけるし、「紀理様」と畏れ敬うのだ。そもそも体長二メートルの猫なんて存在しない。

「透耶？」

知らなかったときはなんでもなかったのに、本能的な恐怖を勝手に感じとるのか、透耶の猫耳が折れているのを見て、紀理が首をかしげる。

まさか虎を目の前にしているせいだとはいえない。紀理は「怖い」といわれることを気にしているようなのに申し訳なくて、透耶はなんとか気力を振り絞る。

「あの、今日の昼間に――」

とりあえず夏来たちを追いかけようとして玄関の外に出てからの一連の出来事を話すことにした。庭に女性がいて、「工藤さん」だと思って話しかけたら、狐面の偽物で、屋敷のなかから噴きだしてきた青い炎に燃やされたこと。

紀理は驚いた顔もみせずに透耶の話を聞いていた。

「――狐がきたんだね。たぶん門の戸を開けたときに入り込んだんだろう」

「『奪ったものを寄こせ』っていってました」

「きみは奴からなにか奪ったの？」

問い返されて、透耶は「いいえ」とかぶりを振った。まったく覚えがない。

「まあ、うちに変なものが入り込むのは日常茶飯事なんだよ。だから家の構造も日々変えてる」

「あの青い炎は――」

「妖術だよ。変なものが入り込んだら、用心棒として働くように、俺の牙を分身として家に常においてあるから」

紀理の牙――。

一瞬、大きな牙をむく虎の姿を頭のなかに思い浮かべてしまってぶるっと震えたけれども、ぎゅっと拳を握りしめた。紀理は透耶を守ってくれたのだから怖がることはない。

狐面のことで、やはり外にでるのは危険なのだと身にしみてよくわかった。でも、ひとつ納得がいかないことがある。

透耶が狙われるとしたら、初心猫《うぶねこ》だから――というのが理由のはずだが、昼間の狐面は「猫さらい」のようには思えなかった。

「奪ったものを寄こせ」という台詞がおかしい。だいたい狐がどうして初心猫なんて欲しがるのか。矛盾している。

「その狐、工藤に化けたつもりで女性になってたのなら、たいした事情も知らないやつだから、心配しなくてもいい。工藤は女性ではないしね」

「え」と目を瞠《みは》る透耶に、紀理が笑う。

「工藤さんて男なんですか？」

「そう。一応、男の姿をしてるね。もともとは竈《かまど》の精なんだけど。古い家に憑いてて、ちょっと執着をこじらせてしまって悪霊化して妖怪になったクチでね。俺と夏来たち以外の前には姿を現さないから、その狐も適当に化けたんだろう。きみが工藤に会ったことがないことまでは知ってたんだろうから」

「竈の精……」

「これ以上勝手にしゃべると、二度と姿を見せなくなるかもしれないから、工藤のことはこのくらいにしておこう」

工藤はかなりデリケートなあやかしらしい。それにしても迂闊《うかつ》だった。「工藤さん」の性別も容姿も知らないのに、庭にいた見知らぬ狐に話しかけてしまうなんて。

紀理が妖術で守ってくれたからいいが、もしかしたら大変なことになっていたかもしれないのだ。

「すいません。僕が門を開けたからこんなことに……」

「かまわないよ。門の外には出なかったんだろう？　庭まで入り込むのは、きみが開けなくてもありうることだから。夏来たちが出かけたときに、すでに入っていたのかもしれないし」

紀理はすべての出来事を起こるべくして起こったと考えているようだった。「奪ったものを寄こせ」――あの台詞の意味も知っているのではないだろうか。

「――で、話はそれだけ？」

紀理にあらためてたずねられて、透耶は再び緊張感にとらわれた。それだけではない。もうひとつ重要な質問がある。

「あの――聞きたいことがあって……」

「なに？」

ごくりと息を呑みながら、透耶は紀理をまっすぐに見つめた。

「紀理は……虎なんですか？　前に『猫だよ』って聞いたような気がするんですけど、今日の狐面が、『忌々しい虎め』っていってて……」

「――――」

紀理は考え込むように黙り込んで、折れている透耶の耳に視線を移した。「それでか……」と理由を理解したようだった。

「――そうだけど。猫も虎も似たようなものだよね」

「いやっ、違いますよ？　全然」

さらりといわれて思わず透耶が速攻で否定すると、紀理はおかしそうに肩を揺らした。

「な、なんで笑うんですか」

「いや——案外、元気にいいかえしてくれるから。怯《おび》えて、なにもいわなくなってしまうかと心配してたから」

その一言で、透耶はふっとこわばっていた肩の力を抜いた。虎だからと知って、怖がるなんて失礼だ。だって、紀理自身はなにも変わっていないのだから。

自分を助けて、家に住まわせてくれた、やさしい猫の仲間には違いなくて……。

「妖虎はとても数が少ないんだ。もともと群れる性質でもないから、〈猫の国〉みたいに固まって住むことはない。ここはあやかしの世界では北部にあってね。一応、俺は北を守護する武神の神使《しんし》だった虎の血筋だから、この地に住むことが旧い契約で決められてるんだ」

ミミズクが「神獣」だの「聖獣」だのといったのは、そのせいか——と納得する。

「ちゃんと説明しなくて悪かったね。きみにはまだ俺の本体が見えないらしいから——俺を目の前にしても怯えることもなくて、夏来や秋生たちと楽しそうにして、そばにいてくれるから……怖がる顔が見たくなくて、いえなかったんだ。でも、今夜にでもきちんと説明するつもりだったんだよ。さすがに求婚したからね。返事は——考えてくれた？」

紀理のことは好きだ。

だからこそ、〈猫の国〉にとどまる手段として奥方になるのは少し違うような気がすると昼間は考えていた……だけど。

透耶がいまの気持ちをどう伝えるべきかと悩んでいると、紀理は小さく息をついた。

「まあ、仕方ない。俺も黙ってたのが悪かったからね。最初は気長にいくつもりだったのに——ちょっと段取りが狂った。俺と祝言をあげないとしたら、きみの今後についてだけど……」

ことわったと解釈されていると知って、透耶はあわてて紀理の言葉を遮った。

「——あの、紀理」

「奥方になる、ならない」という話は早急すぎる気がしていたから、昼間の段階では「自分を取り戻すまで時間をください」というつもりだった。

でも、紀理が自分を怖がらせないように気を遣いながら接していてくれたのだとあらためて知って、胸に込み上げてくるものがあった。

たったいままでは、好きだけど、感謝している気持ちのほうが大きかったかもしれない。だけど、「猫も虎も似たようなもの」だなんて——そんなことをとぼけたように口にする紀理が、ふいにいとおしくなってしまったのだ。

だって自分を怖がらせないために、猫のふりをする虎なんて、世界中をさがしても紀理以外にはきっとどこにもいない。

「なに?」

一呼吸おいてから、透耶は一気にいった。

「紀理──あの、祝言をあげてほしいです。僕は紀理たちと一緒に暮らしたいから」

紀理は透耶を見つめたまましばらく固まったように動かなくなった。一大決意して伝えたはずなのに、ちゃんと聞こえていたのだろうかと不安になる。

「祝言って──本気で？」

ようやく返ってきた応えに、透耶のほうがとまどってしまう。

「え？　本気って……紀理は、冗談だったんですか？」

「まさか。冗談のわけがない。でも、きみの耳がまだ怯えたように倒れてるから」

透耶はハッと自分の猫耳を押さえる。本人は決断して、紀理を「怖くない」と思っているにもかかわらず、身体的反応は見事に裏切っているらしい。

「す、すぐに慣れます。だって、大きな猫なんですよね。ミミズクなんて本気でそう思ってるみたいだし」

「──」

紀理はわずかに唇をゆがめてから、声をたてて笑いだした。

なにがそんなにおかしいのか、自分なりに決意していったのに──とさすがに抗議したくなったとき、すっと手を差しだされた。

「──そうだね。大きな猫だよ。おいで」

「……………」

そろそろと近づくと、腕をつかまれて引き寄せられて、ぎゅっと抱きしめられる。

紀理はそっと透耶の猫耳をなでて、ていねいに毛並みを指で梳《す》いて、唇をつけて舐めてくれた。

やはり紀理は自分にとっては特別なんだとあらためて実感した。虎だとわかっているのに、腕のなかにいてこんなに安心できるのだから……。

紀理のいうとおり、猫と虎の差なんて些細《ささい》なことだ……。でも祝言をあげるとなると、少し気になることもある。

「――紀理、もうひとつ質問があるんですけど」

「なに？」

「僕と紀理は……猫と虎の違いがあるけど、赤ん坊はどうなるんですか？　雄でも孕むっていってましたよね。虎同士とか、猫同士でなくても大丈夫なんですか」

紀理が虎だと知ってから、それが心のどこかに引っかかっていた。純粋に疑問だったのだが、紀理はとまどったような顔を見せた。

「動物の生殖とは少し違うから……前にも説明したように妖力で仕込むものだから」

「じゃあ、虎の赤ちゃんができるんですか」

「そうだね。子どもは急がなくてもいいけど。うちには夏来たちもいるから」

てっきり紀理が奥方をほしい理由はそれなのかと思っていたが、どうやら違うらしい。

さすがに「雄が孕む」というのは衝撃的だったので、すぐに要求されないと知ってほっと胸をなでおろした。

対照的に、紀理は少し悩ましげな表情になる。

「ひょっとして、誘ってくれてるのかな」

「え？」

三秒遅れで、紀理のいわんとしていることを察して、透耶はあわてて「いいえ。そういうつもりじゃ」と否定した。

「違うの？」と紀理はからかうような目をして覗《のぞ》き込んできた。

間近に顔が迫ってきたとき、その瞳が少し怖いようにも見えて、心臓がべつの生き物みたいに忙《せわ》しなく動いた。

紀理がそっと透耶の胸に手を這《は》わせてくる。

「――鼓動が速いね」

顎をとらえられて唇をぺろりと舐められて、透耶はとっさに身を引こうとした。その腕をつかんで、紀理はさらに顔を近づけてくる。唇と唇が合わさって、やさしくついばまれた。

「……ん」

「口開けて」

いわれたとおりにすると、舌が入り込んでくる。舌をからまされて舐められているうちに、頭のなかがぼんやりした。甘いお菓子よりも、もっと甘い。

猫耳をなでてくれながら、紀理は透耶の唇を貪る。からだの力が抜けて、すがりつくように紀理のからだによりかかるしかなかった。

紀理の背中をなでてくれる手がすっと下におりていき、着物の帯にふれる。

「——したこと、ある？」

これまた三秒くらい考えてから、透耶は「な、ないです」と首を振る。

「祝言をあげるまで……待つつもりだったけど」

紀理が帯をはずして、着物の腰紐に手をかける。長着の襟がはだけられて、肌襦袢《はだじゅばん》をさぐられた。

「え……紀理？」

「きみがあんまりかわいいことをいうから」

額をこつんとぶつけられて、わずかに興奮で潤んだような目で見つめられると、透耶は抱きしめてくる腕を突きはなすことができなかった。

雄同士でなにをされるのかもよく知らないけれども、紀理のこういう表情を見るのは嫌いではない。

いつも夏来や秋生に接するのと同じように、子ども扱いされているように感じるけれども、いま見せてくれている顔はきっと透耶しか知らない顔だ。

やさしいのは変わらないけれど、悪戯《いたずら》っぽくて、少し強引な――。

畳のうえに押し倒されて、頰《ほお》をなでられたとき、透耶は初めて紀理の頭に獣の耳が見えたような気がした。

実際には、紀理は半獣の姿にはなっていない。でも、獣の輪郭がかさなるようにして見えたのだ。うっすらとした靄《もや》が映像をかたちづくっているみたいに。

これがひょっとして、ミミズクが見えるといっていた「本体」――。

紀理は、たしかに虎だった。でも、頭のなかで想像していたのとは少し違う。虎の模様があるけれども、毛は白と黒で、目が青かった。とても神秘的で、怖いくらいに美しい白い虎。

その姿を確認した途端、透耶は全身がカッと燃えるように熱くなった。どうたとえていいのかわからない。自分が一瞬、光の粒子にでもなった感覚。

いったんからだがはじけて、無になって、また再構成される。

瞬きをくりかえして目を開けたとき、自分を見下ろしている紀理がやけに大きく見えた。遠近感がおかしい。これではまるで小さな猫になって、人間を見ているみたいに――。

「……透耶?」

紀理は驚いた顔をして、手を伸ばしてくる。両手で軽く抱き上げられて、ぎょっとした。

『にゃ、にゃあ?』

そこで初めて自分が猫の姿になっていることを知った。いままでどんなに練習しても、猫に変身することはできなかったのに。

「――変身、できたね」

少し残念そうに呟く紀理の声が聞こえてきた。


「わー、透耶、変身できたんだね」

翌日、透耶が猫の姿のまま朝食の席に顔をだすと、早速、夏来と秋生に「さわらせてさわらせて」「かわいいですかわいいです」と追い回された。

『駄目だよ、食事の時間なんだから、ちゃんと座ってなきゃ』

透耶が注意すると、夏来たちは「はい」とおとなしく従って席についた。紀理はおかしそうに口許を押さえて笑っている。

なにも好きで朝食の席に猫の姿で現れたわけではない。昨夜、猫に変身したはいいものの、今度は人型に戻れなくなってしまったのだ。紀理の妖力を使えば変身させるのも可能だということだったが、能力を安定させるために自力で戻ったほうがいいといわれた。

変身したのが微妙なタイミングだっただけに、昨夜、紀理は複雑な顔でこういった。

「あれかな、心では受け入れてくれても、からだが俺を拒絶したのかな」

透耶としてはどう返事をしていいのか困ってしまった。

紀理が人型に戻してくれれば行為の続きはできたと思うのだが、彼はそうしなかった。結局、猫の姿のまま透耶は紀理とひとつの布団にくるまれて眠った。

祝言をあげると決意したというのに、初めて一緒に眠るのがこんな構図とは――。

それでも猫の姿なら紀理にからだをなでられても耳を舐められても頰ずりされても、くすぐったい気持ちにはなるけれども変に照れずにすむので楽だった。

朝、目覚めたとき、「おはよう」と顔を寄せられて耳をなでられたとき、透耶は素直に自ら「にゃあ」と顔をすりつけて「おはようございます」と応えてしまった。紀理は一瞬驚いた顔を見せたものの、ひどくうれしそうだった。

いつもならこういった食事の団欒《だんらん》でも、つねに子どもたちのほうが透耶のそばにいるから、紀理はその次といった距離感になってしまうのだが、猫の姿だとそれも変わる。

「透耶――落ち着かないだろうから、こっちにおいで」

紀理に自らの膝を示されて、透耶はいわれたとおりにそこへ乗った。みんなが人型で座卓に向かっているのに、自分ひとりでちょこんと座布団の上に座っているのもいやだったからだ。

「ほら、これ食べる?」

ごはんを口許へ箸で運んでもらって、自然と口を開ける。猫の姿で「いいです」と遠慮す

るのも変な気がした。紀理はこういう世話が嫌いではないらしく、実にかいがいしく透耶の面倒を見てくれる。

夏来と秋生がその様子をじーっと見ていてこそこそと囁《ささや》きあう。

「いいムードだよね」

「ねー、ますますお似合いだよね」

こんな姿ではなにをいっても無駄なような気がするので、透耶は聞こえないふりをして黙っていた。しかし、人型と人型のときならともかく、猫になってから「ますますお似合い」といわれるのはなにか少し問題があるのではないかと思った。

その日も紀理は外出の予定だったけれども、透耶が「いってらっしゃい」とてくてくと歩いて玄関に見送りに出ると、名残《なごり》惜しそうな顔を見せた。

「――連れていきたいけど」

人界に連れていってくれるのだろうか。透耶は「行きたいです」と紀理の足にすりすりとからだを寄せてみたが、「また今度ね」とことわられてしまった。抱き上げられて「行ってくるよ」とキスされる。

紀理が出ていったあと、透耶はひとりでニャーとむなしい気分で鳴く。

ようやく変身できたものの、このままだったら、自分はどうなってしまうのだろう。

紀理との距離は縮まった気はするが、反対にもやもやした気持ちになった。

透耶が人型に戻れなくても、紀理はそれを焦ることもなく、べつにいやがってもいないようなのだ。どうしてだろうか。

紀理が外出したあと、透耶はなんとか人型に戻ろうとしたけれども無理だった。自分が光の粒子になるような――あの変身する感覚がまったく甦《よみがえ》らない。

「透耶、焦らなくても大丈夫ですよ。猫になれたんだから、今度は戻るのは簡単ですよ。変身できることはわかったんですから」

秋生になぐさめられても、もしかしたらずっと猫のままではないのかと不安になる。

しかし、紀理だけではなく、秋生や夏来も透耶が猫のままでもあまり気にした様子はなかった。

考えてみれば、彼らは気軽に猫にもなれるのだから、透耶の焦りは伝わらないのかもしれない。紀理にいたっては猫になってからのほうがやけに親密度が増したふうにさえ思える。いままでの人型の透耶だったら、紀理はでかけるときに「連れていきたいけど」などと淋《さび》しそうな顔は決して見せないだろう。だいたい昨夜も行為の途中だったことを考えたら、普通は無理やりにでも人型に戻したいと思うのではないだろうか。なのに、なぜ……。

『……紀理は、ひょっとして猫の僕のほうが好みなのかな……』

ついつい子どもたちの前だということを忘れて呟いてしまった。透耶があわてて「いや」といいわけしようとすると、夏来と秋生がきょとんと顔を見合わせた。

「どして？　どっちも透耶でしょ？　紀理様はどっちも好きだよ」

『あ、ううん。いや……猫の姿になったほうが……紀理の機嫌が良さそうだから』

夏来は「そう？」と首をかしげていたが、秋生が「ああ」と察したように頷いた。

「それは……紀理様はあれで結構照れ屋でいらっしゃるから、きっと猫の姿のほうが遠慮なく透耶に接することができるんですよ。もともと紀理様はスキンシップが好きなんです。でも、みんなに『紀理様』と畏れ敬われるような立場なので……なかなかご自分の好きなようにはいかないことが多くて」

いわれてみれば、目覚めた最初の日から、紀理は透耶の耳を舐めてきたことを思い出す。あれは毛づくろいだと思って受け入れてしまっていたが、スキンシップ好きといわれれば納得する。でもミミズクみたいに無理やり迫ってくるようなところはなくて……。

「紀理様は、自分が相手に怖がられてしまうこともあると知っているので、距離を詰めるのにとても慎重なんですよ。いま、透耶は猫の姿になっても紀理様を怖がらずに膝のうえに乗ったりしてるから、単純にうれしいんだと思います。僕たちだって……」

いいかけて、秋生は「ねえ」というように夏来を見る。夏来は「うんうん」と頷く。

「僕たちだって、最初は紀理様のこと怖かったんだよー」

『そうなの？』

「ええ。紀理様の家にやってきた当初は、僕と夏来もその前後のことを覚えてないから、紀理様が何者なのかわからなくて。『きみたちは俺が引き取って、ここで働いて住むことになった』とかいうけど、住み込みで働くというわりには、こきつかわれるわけでもないし、気味が悪いくらいにやさしくて、子どもが喜びそうなお菓子とか買ってきたり、いきなりかわいい服とかたくさん仕立ててくるし」

「『怪しい』って秋生はいってたよね。僕が『わーい』って喜んでたら、『少し育ててから、売り飛ばすつもりに違いない。もしくは変な趣味のひとだ』って」

そんなふうに誤解されるのは紀理があまりにもかわいそうだったが、透耶も紀理の家で目覚めたときには、どうしてこんなに親切にしてくれるんだろうと訝《いぶか》ったことを思い出す。

「紀理様はすぐ僕たちに『変な怖いひとだ』って警戒されていることに気づいたらしくて、親しくなろうと一生懸命で、虎の姿に変身して『おいで。一緒に遊ぼう』っていったんです。獣の姿ならスキンシップがとりやすいから、じゃれあうことができると思ったみたいで。でも、そんなのこっちは完全に食べられると思うじゃないですか。怖くて、僕も夏来も、大きな虎の紀理様を前にして大声で泣いちゃったんです。そしたら虎が——あんなに強くて大きな立派な獣が、困ったようにおろおろしたんです。『泣かないでくれ』って。それを見てたら、僕も夏来もなんだかおかしくなっちゃって——それ以来、僕たちは紀理様が大好きなんです」

虎の紀理が夏来たちに泣かれて困っている光景を想像すると、思わず微笑ましい気分になる。同時に、かすかに胸がしめつけられた。

紀理は透耶にも「猫も虎も同じようなものだよね」ととぼけたことをいったけれども、あれはすべて透耶が怖がらないように――不安にならないようにするためだったのだ。

それなのに、昨夜の自分はどうしてあんな場面でいきなり猫になってしまったのだろう。もしもほんとうに紀理のいうように「心では受け入れていても、からだで拒絶してる」のだったら申し訳なかった。

その日――なんとか元に戻ろうと決意も新たに頑張ってみたけれども、結局透耶は半獣の人型には戻れなかった。

外出から帰ってきた紀理は、透耶が猫のままでも「焦らなくても大丈夫だよ」と声をかけてくれた。夕食のあいだ、透耶は朝と同じように紀理の膝のうえにいた。

秋生のいうとおり、紀理は透耶を膝に乗せて、あれこれとかまうことができてとてもうれしそうだった。奥方にするつもりだったら、以前からもっと積極的にふたりきりになったり、わかりやすく迫ってきたりするものじゃないかと疑問だったが、紀理はそういうことはしない。でも、透耶と親密になれる機会をずっと待っていたことが伝わってきた。これが紀理のやりかたで――やさしすぎる虎なのだ。

まだ猫になってたった一日だけれども、視点が変わると、いままでとは違う紀理の顔が見えてきたようで新鮮だった。そして祝言をあげると決心したことは間違ってなかったと思った。

その夜、夏来と秋生は寝る支度を終えたあと、「透耶、僕たちと一緒に寝ましょう」と誘いにきた。ふたりは猫の自分と眠ることを楽しみにしているようだったが、透耶は『ごめん、今夜は……』とことわった。

その視線の先にいる紀理を見て、夏来と秋生は「これは……」と目で語り合ったあと、ぱっと笑顔になった。

「ううん。いいんだよ、僕たちまた今度で」

察しのよすぎるふたりは、「おやすみなさい」とすばやく座敷を出ていく。

残された透耶は、紀理の座っている膝へと寄っていく。頭をすりつけると、紀理はすぐに手を伸ばして抱きかかえてくれた。

「俺の部屋で寝る？」

「にゃあ」と頷く。透耶としては、紀理の妖力で今夜は人型に戻してもらおうと思っていた。昨夜の続きをしてくれてもいい——というつもりだった。

透耶は紀理にかかえられて離れへと連れていかれて、「少し待ってて」といわれて書斎の隣の部屋に敷かれた布団の上にうずくまった。

紀理はすぐに寝間着の浴衣《ゆかた》に着替えると、布団へとやってきた。てっきりなにもいわなくても、今夜は人型に戻してもらえると思っていた。だが、紀理は「おやすみ」と告げると猫のままの透耶を布団に入れる。これにはさすがにとまどった。

紀理は猫の透耶にすりすりと頬ずりして、それだけで満足そうだった。ひとつの布団にくるまっていても、まったく昨夜のような行為をする気配もない。

『あ……あの、紀理――僕は人型になりたいんですが。紀理なら、妖力でできるんでしょう？　今日一日頑張っても、変身できなかったんです。だから……』

紀理は透耶の頭をなでながら、「うん……」と少し難しい顔になった。

「そうだね……でも、もう少し頑張ってみようか。自分で戻れないと大変だから」

『でも……』

透耶としては、今夜、自分の気持ちをあらためて紀理に伝えたかったのだ。決して紀理を拒絶しているから猫になったのではない、紀理に惹《ひ》かれているから本気で祝言をあげてほしいのだと――しかし、いまの姿のままで訴えるのは抵抗がある。

なぜだろう。本来、自分は猫だったはずだ。だったら、この姿で正直に気持ちを伝えればいいのに。

「いま、人型に戻してしまったら、さすがに俺も理性がもたないから。猫でいてくれたほうが助かる」

紀理は困ったように笑って、透耶の耳に鼻先をこすりつけてきた。

「――興奮しすぎて、きみを傷つけてしまうと困るから。もう少し慎重にできるときにしたい」

最初は覚悟したはずなのに、そんなことをいわれると、男同士の行為というのはそんなに激しくて怖いものなのだろうかと透耶は尻込みしてしまって「人型にしてくれ」とは頼めなかった。

「ほら、怯えて、また耳が折れてる」

つん、と悪戯っぽく耳をつつかれて、紀理がからかうために変ないいかたをしているのだと悟った。「にゃあっ」と抗議で軽くひっかくように手をあげると、紀理はその手をとらえて「ごめんごめん」と透耶の肉球を楽しそうにぷにぷにと押しながら笑う。

いとしげにからだをなでられて、透耶はふっとこのまま猫でもいいかと思ってしまったほどだった。だって紀理が、とても近い。

『紀理は、僕が猫のままのほうが好きなんでしょうか』

思わず疑問をぶつけると、紀理はきょとんとしてから苦笑した。

「そうじゃないけど……きみも猫の姿のほうが俺に甘えてくれるから。――きみが人型のときでも、俺は最初から結構頑張って気持ちを伝えてたつもりなんだけど、まったくわかってもらってなかったみたいだし」

そうはいわれても、出会った初日に大きな風呂をつくって一緒に入ろうといわれても、普通はピンとくるわけがない。照れ屋なんだか積極的すぎるのかわからない。

『だって紀理は……女性にもモテそうだし、僕をそんな対象にするなんて思うわけありません』

「そんなことないよ。だいたい俺はあまり……こういうのが得意じゃないから。怖がられたりするしね」

夏来たちを虎の姿になってあやそうとしたように、紀理自身はいつでも相手と距離を縮めたいとは思っているのだろう。

紀理が慎重な理由を知れば知るほど、透耶のほうからもっと近づきたくなるような――不器用でやさしい虎がいとしくてたまらなくなった。

夏来と秋生が「泣かないでくれ」と困った顔をした紀理を見て大好きになったといった気持ちがよくわかる。

『僕はもう紀理を怖がったりしません。ひとの姿に戻してもらえば……』

「そうだね」と頷いてから、紀理は透耶の猫耳に口をつけたまま呟く。

「でも、もしかしたら、きみには俺の妖術をかけないほうがいいかもしれないんだ。変に影響がでてしまうと困るから」

『影響……?』

「もしもの場合に備えてだけど。もし、きみが――人界に戻ることを望んだとき、そのほうがいい」

これにはさすがに反論したくなった。普通の猫に戻るのはいやだと伝えてあるはずなのに。

『僕は……紀理と祝言をあげて、ここで暮らしたいんです。ほんとうです』

「わかってる——」

ふいに紀理はなにかを隠しているのではないかと思った。

あの狐面の妙な言動といい、透耶を猫から人型に妖力で戻さないのも、なにかほかに重大な理由があるのではないか。だってもし自分をほんとうに欲しいと思ったら、いますぐにでも人型にして抱くのではないだろうか。

そこまで考えて、昨夜、そうやって「祝言まで待てない」といった紀理を、突如猫に変身するということで結果的に拒んでしまったことを思い出す。

怖がっていない——と口ではいっても、相変わらず猫のままでは説得力もなかった。もしかしたら、一番の原因はそれなのか。

透耶はなんとか変身しようと集中してみたが、昨日のような感覚が訪れてくれることはなかった。もう怖がってないことをどう伝えればいいのか。

『紀理……あの、お願いがあるんですけど。僕に本体を見せてくれませんか。虎の姿になってほしいんです』

「どうして？」

『どうしてって……紀理のほんとうの姿を見たいし、もう怖くないってわかってほしいから』

透耶としては精一杯の意思表示のつもりだった。紀理は困ったように「駄目だよ」と眉をひそめる。

『なんでですか？』

「――だって『虎』っていっただけで、きみの耳がもう怯えたように倒れてる」

「にゃっ」と透耶は叫ぶ。またもや身体的反応は、自らの意志を裏切っているらしかった。

でも、夏来たちでさえ、虎の姿を目の前にして「大好きになった」といったのだから、透耶にもできないはずがない。

『でも……虎の紀理に――さわりたいです。夏来たちは前にはよく一緒に寝てたって……すごく綺麗で気持ちのいい毛並みだって。肩にのせてもらったっていってました。だから、僕も……』

「――」

紀理はさらに眉間《みけん》にしわをよせて黙る。夏来たちの言葉を信じるのなら、紀理はスキンシップは嫌いではないのだから、透耶にねだられていやな気分にはならないはずだ。

「だけど……怖がって、泣かれると困る」

『な、泣きません。僕はそんなに子どもではないって――紀理は何度いったらわかってくれるんですか』

でも昨夜もいきなりいいところで猫になったじゃないか、といわれたら返す言葉もなかったが、紀理は小さく息をついただけだった。

「――わかった。じゃあ、少し離れてて」

　透耶はいったん布団から出た。紀理は身を起こすと、「ほんとうに大丈夫なのか」といいたげに透耶を見る。透耶は自分では凜々《りり》しい顔つきで「もちろん」と頷いたつもりだったが、猫の姿ではきちんと伝わっているかは不明だった。

　紀理の瞳がふっと青い光を帯びる。そしていつもは茶褐色の髪がすっと色が抜けるように銀色になっていった。からだ全体の色が透けてしまうのではないかと思った次の瞬間、金色の光がはじける。透耶はまぶしくて目をつむってしまった。

　そして目を開けたときには――目の前の布団のうえには一匹の大きな虎が佇んでいた。体長は二メートル近くあり、普通の虎のように黄褐色と黒ではなく、黒と白で縞模様が描かれている、綺麗な白い虎だった。

　すらりとしているけれども、前足などはがっしりとして太く、獲物をとらえたら離さない獰猛《どうもう》さをうかがわせていた。けれども、その光り輝くような美しい毛並みと神秘的な青色の目は、まさに「聖獣」「神獣」という表現が相応《ふさわ》しかった。

　昨夜うっすらとシルエットが見えたような気がしたが、こんなにも堂々とした美しい虎が目の前に現れると、透耶はただ圧倒されて息を呑むしかなかった。

　神々しいばかりの白い虎と比べたら、自分はただのちっぽけな黒猫でしかなかった。しばし無言のまま、虎の姿の紀理と、猫の姿の透耶は向き合った。

虎らしい雄々しい顔つき。だけど、その瞳はやさしい人型の紀理と同じような落ち着いた深い海のような色をたたえていた。

透耶が硬直したように動かないので、紀理はやがて少し首を傾けてみせる。

『やっぱり怖いのか……』

その一言を聞いた途端、呪縛がとけたようにからだがスッと動いた。

透耶はゆっくりと紀理に近づくと、その逞《たくま》しい前足にからだをすりつけるようにする。

紀理はじっとそれを見下ろしていたかと思うと、ふいに身をかがめて、透耶の耳から頭をぺろぺろと舐めてくれた。

やがて紀理が布団の上に寝そべったので、透耶はその肩や背中にからだをさらにこすりつける。思い切って背中にのって頭をつけて甘えてみると、ふかふかでなめらかな毛並みはとても気持ちがよかった。

紀理も透耶にからだをこすりつけられて、心地よさそうに目を閉じている。その顔は笑っているように見えなくもなかった。虎だけど、そうやってリラックスしている姿はたしかに「大きな猫」と呼んでもよさそうだった。

透耶はいったん紀理のからだの上から降りると、真正面へと回る。「なに？」というように紀理が目を開いた。背伸びするようにして自らの顔を近づけると、紀理もそれに応えるように鼻先を突きだしてくれた。互いに顔をこすりつけあう。

もう怖くない。そう思っていることが伝わればいいと思った。

(トワ――)

虎の紀理と身を寄せあうようにして眠った夜――夢のなかでまた声がした。透耶と同じ顔、同じ声でしゃべる少年。

少年が黒猫を見下ろしながら微笑んでいる。

たぶんこの夢もまた目覚めたときには忘れてしまっているのだろうと思った。

(なに? トワ? どうして僕がきみのいうことがわかるのかって? なんでだろうね……自分でもよくわからない)

不思議な少年。最初は彼こそが噂《うわさ》に聞く、人に化けている〈あやかしの猫〉なのではないかと思った。猫には、もともと微力ながら妖力がある。長年生きていて、「念」が強いとあやかしとして変化できるのだ。彼はきっと元が猫だったから、猫の言葉が理解できるのだ、と。

(ねえ、トワ――猫は長生きしすぎると化け猫になるって知ってる?)

彼がたずねてきたときには、いよいよ正体をばらしてくれるのだと思った。

でも、違った。彼がそんな問いかけをしたのは、自分がもうかなり年老いた猫だったからだ。死期が近いことを知っていたから。

そして、少年が猫の言葉がわかるのは、妖怪だからでもなんでもなく、とても孤独で淋しい子どもだったからだ。誰にもいえない心情を、動物や虫に向かっていつも話していたせいで、そういう霊力というか超常能力が研ぎ澄まされていったのだと——一緒に過ごしているうちに気づいた。

（ねえ、トワ。このあいだね、僕はとても不思議な猫を見たんだ。近所にすごく大きなお屋敷があるんだけど。その家の敷地内には、なぜか鳥居があるんだ。神社でもないのにね。こらへんでは霊感スポットとして、ちょっと有名なんだよ。『化け物屋敷』だって。……で、その猫なんだけどね、鳥居をくぐった瞬間、ひとの姿になったんだ。……ほんとだよ。でも、自分でも信じられない。ねえ、僕は夢を見たのかな）

少年の話を聞きながら、黒猫は心のなかでかぶりを振った。

夢でもなんでもない。それは実在するのだ。

彼が見た者こそ、念の強い長生きした猫がなれるという〈あやかしの猫〉に違いなかった。人間の姿に化けて、何百年でも生きて、自由に妖力を操れるのだ。

（ねえ、トワ——化け猫になってもいいから、そばにいてほしいな）

少年に頭をなでられながら、黒猫は「にゃあ」と鳴いた。

「まあ、綺麗な黒猫」

「どれどれ?」

鈴が「にゃあ」と鳴く透耶の頭をなでると、その横からミミズクが顔をだす。

甘味屋『すずかぜ』に、透耶は猫の姿のまま連れてこられていた。

猫に変身できたことをお披露目するためではない。透耶が猫に変身してからすでに一週間が過ぎようとしていた。そう――猫になれたはいいものの、相変わらず猫耳人型の半獣姿に戻れないでいるのだ。

能力を安定させるために自力で戻ったほうがいいといわれたので努力しているものの、さっぱり成果はでていなかった。さすがに夏来と秋生は「透耶はこのままずっと猫なの?」と心配になってきたらしいが、紀理は相変わらず焦るふうはなかった。

透耶を妖力で変身させようとするのは「ちょっと心配だから、もう少し待ってくれ」といわれている。なぜかと理由をたずねても、「いま、いろいろと調べている最中だから」と――。

どうやら紀理は透耶に自分の妖術をかけることで悪影響がでるかもしれないと気にしているらしいが、透耶としてはひょっとして永遠に元の姿に戻れないのではないかと気に病まずにはいられない。

猫の姿になったことで、紀理とはよりわかりあえた気がする。だからこそ人型に戻りたい。

周囲で少し奇妙な動きがあるのも気になる。昨夜、透耶は眠っていて気づかなかったが、また紀理の屋敷に妙な輩《やから》が侵入しようとしたらしいのだ。あっけなく妖術の青い炎で焼かれてしまったようだが、今日は家に残していくのが心配だからという理由で、透耶は夏来たちとともに紀理に『すずかぜ』に連れられてきたのだった。

「……じゃあ、せっかく変身できたのに、今度は黒猫のままなの？」

鈴が「あらあら」と声をあげる隣で、ちょうど店内にあんみつを食べにきていたというミミズクが顔をしかめる。

「おまえ、いちいち難儀なやつだなあ」

いわれなくても、透耶自身が一番自覚していた。ずっと変身できなかったのに、紀理の奥方になると決心した途端に猫に変身して、しかも今度は元に戻れない。

最初の数日間は、猫の姿も紀理とのつながりを深めてくれたから良いものだと思っていた。いままでは虎の姿の紀理と毎日一緒に眠っているし、獣の姿でじゃれあうのは楽しい。だが、一週間も経つとさすがに焦りが勝ってきた。

「鈴――俺は今日どうしても調べなきゃいけないことがあって人界にいくから、透耶と子どもたちを預かってくれるか」

「それはかまいませんけど。……せっかく紀理様が祝言をあげる気になったというのに、大変ですわね。……皆様、ここじゃなんですから」

鈴は皆を座敷へと案内してくれた。奥に行くにしたがって空間が広がっていくような、相変わらず奇妙な店の間取りを奥へと進む。

いくつかの座敷が並んでいる廊下を歩いていると、その道はずっと先まで続いていて、照明のない暗闇の先に例の不思議な鳥居が見えた。ぼんやりと光っているような朱色の柱。

最初に店にきたときから気になっていたけれども、あの鳥居はなんなのか――紀理にも鈴にもまだ質問したことがなかった。正直、自分のことで精一杯で、なにかおかしいと思うものを見ても「あやかしの世界に不思議はつきもの」ですましてしまっているところがある。

座敷に入ると、透耶は座卓の上に乗せられて、あらためて皆からの視線を浴びた。ミミズクが腕組みをして唸《うな》る。

「鈴なら原因わかんだろ？　こいつ、変身が苦手なのかな」

「さあ。わたしだってなんでも知ってるわけではないのよ」

「でも、あんた、紀理より長く生きてるんだろ？」

その一言で、いつもやさしげに見える鈴のこめかみにピクピクと青筋がたった。

「年のことを女性にいうものではありませんと――わたしは何度あなたに注意すればすむのかしら」

ミミズクはすぐに「あ。ゴメンナサイ」と謝ったものの、ぼそりと「山猫こわ」と呟く。

鈴にじろりと睨まれて、ごまかすように透耶の耳をつついてきた。

「っていうか、こいつ妖力が足りなくて、普通の猫に戻っちゃっただけじゃないの？」

「それはないよ。しゃべれるから」

紀理がすぐに否定する。

「え？　しゃべれるの？　だってさっきから一言も口をきかないじゃん」

透耶にしてみれば、鈴やミミズクがあれこれいっているので、しゃべるタイミングがないだけだった。

『……しゃべれる』

「おおっ、ほんとだ」とのけぞってから、ミミズクはまたもやつんつんと透耶の頭をつつく。

気軽につついてくれるなと、透耶は「にゃあ」とミミズクを睨んだ。

「いいじゃん。かわいいじゃん。黒猫のヴィジュアルって好き」

すると、夏来と秋生が「あんまり透耶にさわるな。ミミズクの馬鹿ぁ」とミミズクに飛びかかろうとした。透耶はあわてて叫ぶ。

『駄目だよ、ふたりとも騒がないで。みんなでお話ししてる最中なんだから』

猫の姿で注意してもいまいち間抜けなような気がしたが、夏来と秋生はぴたりと動きを止めて「はい」と透耶のもとに駆けよってきた。

「ごめんね。僕、透耶がずっと猫のままでもいいから」

「僕もです。透耶と同じ猫の姿でいます」

そういうなり、ふたりは子猫の姿に変身し、透耶にすりよってくる。甘えてくる姿がかわいくて、透耶はふたりと鼻先をすりあわせた。猫になって良かったことといえば、紀理や夏来たちとこうして獣同士のふれあいができることだ。

ニャアニャアとじゃれあう三匹を目にして、鈴が手を握りあわせて呟く。

「……麗しいですね。心が洗われるよう。ずっとこんな美しい光景を見ていたいですわ。あ、でも紀理様はそれでは困りますわね」

「――まあね」

紀理が苦笑するのに、鈴は「そうですわよね、うふふ」と笑う。

透耶だって困る。もし、このままだったらどうすればいいのか。

いきなり知らない世界に放りだされてから、ようやく自分の進むべき道が見えてきたと思ったところなのに。

「――でも、なにが原因なのかしら。変身できるまで時間がかかるケースは聞いたことあるけれども、一度できてしまえば感覚的に身につくはずなのに」

鈴は首をひねりながら、透耶を凝視してきた。その目が金色の不思議な光を帯びる。

「……紀理様、前にきたときは気づかなかったけど、この子、普通の猫ではないですね……?」

透耶はぴくりと耳を動かした。鈴は同意を求めるように振り返ったが、紀理はなにも応えなかった。肯定も否定もしない。

普通の猫ではない——?

「あら、呼び鈴が聞こえるわ」

ふいに鈴が立ち上がって座敷の外へと出ていく。透耶の耳には呼び鈴の音など聞こえなかったので、話をそらすために席を立ったのかと思った。

だが、しばらくして戻ってくると、鈴は紀理に「神代《かみしろ》の家が呼んでますわ。紀理様の知りたいことがわかったみたいです」と伝える。紀理は「ありがとう」と立ち上がると、透耶のそばに近づいてくる。

「透耶——今日は夏来たちも一緒にここに泊まってくれるか。なにかあっても、鈴がいるから大丈夫」

『はい……』

神代の家——? 知りたいことってなんだろう? 仕事ではないのだろうか。

人界で悪さをする妖怪を祓う。透耶が紀理の仕事で知っていることといえばそれだけだった。

「紀理、俺も行こうか」と声をかけるミミズクに「いや、今日はちょっと別件なんだ」といって紀理は座敷を出ていった。

襖《ふすま》が閉まってから、透耶は鈴を仰ぎ見る。

『あの……神代の家ってなんですか？』

「紀理様の先祖の虎が——かつて神使をしていた隠れ神社を守っている家のことです。霊能力者が多くでる家系なので、人界でいうところの拝み屋稼業をやっているんですよ」

『隠れ神社？』

「人の世の神社ではないのよ。半分こっちの世界のものなの。でも、入り口は人の世からも見えます。紀理様が妖怪を祓うのも、神代の家の者を通じて頼まれるからで」

なるほど——そういうシステムになっているのか。「俺、その家の元飼い猫な」とミミズクが教えてくれる。その縁でどうやら紀理と親しいらしかった。

『あの……この店の奥に……廊下のずっと先にある、あの鳥居はなんなんですか？　あれが隠れ神社とやらに関係あるんですか』

鈴とミミズクが驚いたように顔を見合わせる。なにか変なことをいったのだろうか。

「あれは人界につながる出入り口のひとつです。神代家専用の」

どうやったら人の世界に行けるのかと思っていたが、こんなに身近に出入り口があったなんて。

「人界との出入口はほかにも無数にありますけどね。妖力の強いものは、闇と闇をつなげて道をつくり、自分の好きなところに出入り口を設置できるの。だから、あの鳥居は基本的に神代家の人間のため。……それにしても透耶さん、あれが見えるのね。さすが紀理様が選んだだけあるということかしら」

『え……普通は見えないんですか』

「だって店のなかに鳥居があったら変でしょう」

それはそうだが、どうも話が見えない。

「おっかしいなあ。こいつ、変身も満足にできないんだぜ」

ミミズクの発言にきょとんとしている透耶に、鈴が「あの鳥居は、妖力がそれなりに強いものでないと見えないのよ。特別な鳥居だから」と説明してくれる。

それならば、変身もままならない透耶に見えるのは矛盾している。最初に甘味屋にきたときから、透耶にはあれが見えた。

ミミズクは「んー」と首をひねる。

「なにかがおかしいよな。だいたい紀理のヤツ、透耶が変身できなくてもあんまりあわててないように見えるのは気のせいか？　普通、奥方にしようって決めた相手が猫のままだったら、もっと取り乱さない？　あ……それとも、あいつ、そういう趣味でもあるのか？　いや、そんなアブノーマルな……でも俺たち、もともと猫だし、そっちが正常なのか……」

ぶつぶつといっているミミズクの頭を、鈴が「なにくだらないことといってるのよ」とぺちんと叩いた。

「失礼な。紀理様は、たぶん原因がわかってるのよ。だいたい透耶さんが自力で変身できなくても、紀理様の妖力でなら可能なんですから」

そう——紀理ならばいつでも透耶を人型にできるはずなのだ。

『……紀理は僕に悪影響がでるかもしれないから、妖術をかけるのは少し待ちたいって』

「そうでしょう？　『できない』とはいってないでしょ？　たぶんいま無理やり妖術で戻すと、なにか弊害がある可能性を心配してるんだと思います。……でも、それってなにかしら？」

鈴が再びこちらを凝視してきたので、透耶は思わずあとずさりしたくなる。

鈴は和服の似合う、とてもかわいらしい雰囲気のひとだが、その本体は——猫に変身してから透耶にも見えるようになったのだが——「猫かぶってる」と紀理が表現したとおり、眼光鋭い山猫なのだ。

「やっぱり……。最初にウチの店にきたとき、初心猫っぽいのに、紀理様と一緒にいてもまったく物怖《ものお》じしてないから、おかしいとは思ってたんです。以前はわたしにもよくわからなかったけど——あなたのなかにはふたつの魂がある。前は重なってて見えにくかったんですが、いまはちょっとブレてるから確認できる。それがどういう現象なのかまではわからないけれど」

『魂がふたつ……？』

「ふたつともいえないのかしら……わたしにもよくわからないわ。あなたの本体は一見はっきりと黒猫に見えるんだけど、その後ろになにかがあるの。わたしやミミズクには、いまのあなたの妖力が強いとは感じられないから、その隠れているものに原因があるとしか……」

どうやら先ほど鈴が「普通の猫ではない」といったのはそれが理由らしかった。

自らの正体について、得体のしれない不安が広がっていく。

いったい自分は何者なのだろう。最初はてっきり変身すらできなくて、〈あやかしの猫〉として変化しきれていない、妖力の弱い猫だとばかり思っていたのに。

「そういや、いままで変身できなかったのに、なんで突然猫の姿になれたの？　そのきっかけがわかれば、変身のコツがつかめるんじゃないの？　実験的に同じ状況をつくってみるとか」

ミミズクの提案に、『珍しくまともなこといってる』と夏来と秋生が信じられないものを見るような視線を向ける。ミミズクは「おまえら、俺をどれだけ馬鹿だと思ってるんだよ」と憤慨した。

いい案かもしれなかったが、猫に変身したきっかけといえば、紀理に押し倒されたからだった。まさかそれが原因だとはこの場ではいえない。

透耶が答えないでいると、ミミズクがふいににやりと笑った。

「あ、わかった。おまえ、紀理に襲われそうになったんだろ？」

『……………』

なぜいいあてる——と透耶はわかりやすく動揺してしまった。

「そっか。ビビったんだな。いくらおまえが紀理を怖がらないといっても、あの最中は怖いもんな。虎ってヤッてるあいだに興奮して相手の首嚙《か》んで殺しちゃうこともあるらしいし」

人型だったら赤面していたであろう透耶の横で、夏来たちが『え』というように顔を見合わせて震えあがる。

『……紀理様と祝言をあげたら、透耶は死んじゃうの？』

透耶が抗議するよりも早く、鈴がにっこりと笑いながら「いいかげんにしないと、そのおしゃべりな口を縫い合わせるわよ」とミミズクの額を再びぺちんと叩いた。

『死んじゃうの？　死んじゃうの？』

夏来たちがニャアニャアと不安げに鳴くので、透耶は『大丈夫だよ』とふたりの顔を舐めてやった。

夏来たちが怯えるのは本意ではなかったらしく、ミミズクは「嘘だよ、ごめんよ、ちび猫」とあわてた顔になる。「……まったく」と鈴がためいきをついた。

「……まあ、ミミズクのいうことは相手にしないで。でも、もしかしたらだけど、当たっている部分はありません？　その、つまり……透耶さんは最近まで紀理様が虎だって知らなかったんでしょう？　もしかしたら透耶さんのなかに――紀理様を警戒してる部分があって、元の姿になるのを拒んでいるのかもしれない。いくら紀理様のことが好きでも、祝言をあげるのは猫としての本能が怖がっているとか」

紀理が怖くて、猫になったまま戻らない――？

たしかに変身したきっかけは、タイミング的に猫の本能としての恐怖だったのかもしれない。

でも、透耶は猫になってから、虎の姿の紀理とふれあうようになったたし、いまでは夜も一緒に寝ているし、そばにいてくつろげるようになった。

最初に虎だとわかってからは、紀理を前にして緊張したこともあった。でも、最終的に祝言をあげると決めたのは、それが一番の理由でもあるのだ。猫のふりをしていた紀理がいとしくて、そばにいたいと思ったから。

なのに、なぜ？

『僕は……紀理が好きなんです。怖がってはいないつもりだけど。もし無意識のうちに……それが原因だったとしたら、どうすればいいんでしょうか』

戻れなくてまだ一週間――それまで変身できなかったことを考えれば、焦ることはないのかもしれない。

でも、もし無意識の恐れが原因だとしたら、紀理をとても傷つけているような気がした。

『……僕は紀理と一緒にいたいから、祝言をあげてほしいって頼んだんです。この世界にやってきて、居場所をつくってもらって——それは僕がずっと欲しいものだったから』

「まあ、麗しい純愛ですのね……」

先ほどと同じように鈴が感激したように手を握りあわせて呟く。思わず心情を吐露してしまって恥ずかしかったけれども、夏来と秋生が透耶をいたわるように鼻先をこすりつけてきたので救われた。

ふいにミミズクが透耶の猫耳に手を伸ばしてこようとした。とっさに夏来たちが「なにするんだ」とニャアニャアと嚙みついたので、うろたえた顔を見せる。

「な、なんだよ、ちび猫。そんなに目の敵にすることないだろ。めげずに頑張れ、っていってやろうと思ったんだよ。俺も——昔、普通の猫だったんだ。神代の家に飼われてたときから、〈あやかしの猫〉になりたいって思ってた。だから、透耶の気持ちはよくわかる。ここにいたいって願う気持ちが」

てっきり憎まれ口を叩かれるかと思いきや、ミミズクは透耶に共感してくれているようだった。

「俺はだいたいまだこっちにきてから数十年で、紀理や鈴みたいに長く生きてる化け物とは違って、おまえに感覚は近いんだ。紀理とおまえは似合いだと思うから、落ち込むなよ」

『……ありがとう、ミミズク』

透耶が素直にお礼をいうと、「おう、頑張れ」と頭をなでられた。

照れたようにはにかむミミズクに、鈴が目だけが笑ってない笑顔で「誰が化け物ですって？」と耳を引っ張った。

「いてて」

『ミミズク、怒られたー』

夏来が楽しそうに叫んだので、皆がつられたように笑顔になった。透耶もおかしくて目を細める。

こんなふうに自分の周りには良い猫たちがいてくれて、応援してくれるのだから幸せ者だった。〈猫の国〉へやってきてから、最初は不安もあったけれども、紀理たちと出会えていいことばかりだ。

もう独りではない――。

そう考えたとき、ふっと心の奥が痛むのを感じた。同時に歓喜するような震えも。誰かが泣き笑いしているような声が聞こえた。

（――よかった）

「え」とびっくりして耳をすませたが、もうなにも聞こえなかった。いまのはいったいなんなのか。自分ではないものの声が……。

鈴が口にしていた「ふたつの魂」という言葉を思い出して、透耶は慄然《りつぜん》とした。

その夜、透耶は夏来たちと一緒に『すずかぜ』に泊まった。

座敷で子猫姿の夏来と秋生と三人で丸まって布団のうえで眠りながら、ふっとなにかの気配を感じて目を覚ました。

ぴくりと耳をたてて、周囲の様子をうかがう。部屋のなかは真っ暗で誰もいない。

夏来たちを起こさないように透耶は起き上がり、開いている襖の隙間から廊下をのぞいた。

鈴ももう就寝しているらしく、あたりは静まりかえっている。廊下に出て、きょろきょろと見回す。

べつに異常はない。もしかしたら神経質になっているだけかもしれなかった。

昼間、自分の内側から聞こえたような声が気になっていた。あれはなにを意味しているのか。

妄想——？

でも、以前から少し気になっていたことはあった。時々、夢を見ては泣いていること。よく内容は覚えていないけれども、「トワ」という名前だけは記憶にある。

あれは誰が、誰に呼びかけているのだろうか……。

『透耶、なにしてるのー？』

振りかえると、夏来と秋生がそろって襖から顔をだしてニャアニャア鳴いていた。どうやら起こしてしまったらしい。廊下に出てきて、てくてくと歩いて透耶のそばへとやってくる。

『ううん、なんでもないんだ。ごめん』

ふたりに心配をかけてはならないので、透耶は座敷へと戻ろうとした。

ふとそのとき、廊下の奥にある鳥居がいつになく輝いているように見えた。いつもほんのりと光っているように見える鳥居だが、今夜は特別に明るい。そして、鳥居のあいだの闇はさらに深い——。

先ほど鈴に「人界への出入り口」だと聞いてから、実は寝る前にも鳥居を見に行った。遠くからだと幻想的に見えたが、近づいてみるとほんとうに店内に不釣り合いな鳥居があるだけで、向こう側は行き止まりの壁になっていた。

神社の鳥居のように巨大でもなく、せいぜいひとがくぐれるていどで、高さは三メートルもない。

鈴の説明によると、「ここは呼び鈴が鳴らないと、渡れないんですよ。神代の家の敷地内につながっているから。誰でも通り抜けられるようになったら問題でしょう」とのことだった。呼び鈴が鳴らなければ、見える者にだけ見える、ただの鳥居のオブジェみたいなものらしい。

だが、いまは——あたりがひっそりと寝静まった真夜中、鳥居は先ほどまでとは違った様相を見せていた。

『透耶？　どしたの？』

透耶は引き寄せられるように鳥居へと歩きだす。夏来と秋生も『待って』とあとをついてきた。

目の前に立つと、鳥居の朱色の柱は、さらにあやしい光沢を増していた。向こう側にあるはずの壁が見えず、そこはただ漆黒の闇と化している。鳥居のあいだの暗闇が、どこかへと通じているように見えた。そのままくぐれば、別の場所に行けそうな——。

『なんでだろ？　呼び鈴が鳴ってないのに、道がつながってる』

後ろで夏来たちが不思議そうな声をあげる。

『夏来たちにもこれが見えるの？』

『うん。紀理様と一緒に人界に行くときはここを通るから』

この鳥居が見えるということは、子猫だけれども、夏来たちもそれなりに妖力は強いということなのか。

『……つながってる？　この状態だと、人界へ行けるってこと？』

『でもこの出入り口は向こうから呼ばれない限り、開かないはずだけど。紀理様やミミズクなんかはこちらからでも行こうと思えば道を開けるけど、普通は無理なんだよ。いま、誰もいないもんね。鈴さんもミミズクも近くにいないよね』

ふたりはきょろきょろと周りを見てから、『やっぱりおかしいよね』と頷きあう。

『なにか異常な事態かもしれない。鈴さんを呼んできたほうが……』

『なんか怖いね』

夏来と秋生が話しているのを聞きながら、透耶はじっと鳥居のあいだを見つめていた。くらりと眩暈がして、吸い込まれそうな感覚に陥る。

闇のなかにスクリーンが出現したみたいに映像が浮きだしてきた。自分のよく知っている情景が。

透耶とそっくりの男の子。黒猫とじゃれて遊んでいる。あれはこちらの世界にくるまえの――頭のなかに唯一残っていた記憶。

（ねえ――トワ）

少年が黒猫をあやすような目で見つめながら話しかけていた。まるで猫に言葉が通じるみたいに。

夢のなかで聞こえてきた声が甦る。あれは少年が黒猫に呼びかけていたのか。黒猫の名前がトワなのか？

透耶はあの黒猫だったはずだ。名前は「トワ」というのが正解なら、透耶という名前は誰のものなのか。こちらの世界にきたとき、「名前は」と聞かれて、自分の口からすっとでてきた「透耶」は――？

飼い主かもしれない男の子の名前？

『じゃあ僕は……ほんとはトワ？』

その疑問がふっと頭に浮かんだとき、闇のなかに浮かんでいる少年がこちらを見た。いつも儚《はかな》げな印象だった少年の顔が、不釣りあいに不敵な笑みをにっと浮かべる。

（やっと気づいたか。おまえは命を返さなければならない。飼い主を喰って、うまく姿を偽って逃げたつもりだろうが――）

少年の周囲に、ぽっといくつもの小さなオレンジ色の炎がともる。

『狐火だ！』

背後で秋生が叫ぶ。夏来は『にゃあっ』と尻尾《しっぽ》の毛を逆立てる。どうやらふたりには、炎が見えるだけで、少年と黒猫の姿は見えてないようだった。透耶の目だけに幻影が映っているらしい。

『鈴さんを呼んでくる……鈴さん。わっ』

秋生が廊下を後戻りしようとしたが、鳥居の闇がいきなりブラックホールにでもなったように、ものすごい風を起こしてあたりのものを吸い込もうとする。しっかりと足を踏ん張ってうずくまっていなければ、すぐにからだが浮いてしまいそうだ。

『わあああん』

からだが小さくて軽いせいか、手前にいた夏来が真っ先に風に吹き飛ばされて、鳥居のなかへと飛んでいった。

『夏来！』

ためらうひまもなく、透耶もそれを追って自ら鳥居のなかに飛び込んだ。真っ暗な闇のなかで、くるくると回転する。

どこまで落ちていくのかわからなかった。ありがたいことに途中から重力がないみたいにからだがふわりと宙に浮く。

夏来をとらえようとして、必死に手を伸ばす。ああ、もう少し……。

夏来の小さなからだの重みを腕のなかに捕らえた瞬間、透耶は茫然《ぼうぜん》とする。

子猫を抱きかかえられる、人間の長い腕——。

あたりはなにもなかった。暗闇のなかに降り立ってから、透耶は自分のからだをあらためて確認する。鳥居をくぐった瞬間に、どうやら人型に戻ったらしかった。

『夏来っ、透耶っ』

透耶たちを追って、秋生も暗闇のなかを落ちてきた。バタバタと手足を動かしながら宙に浮いている彼を、透耶はつかんで抱きしめる。

夏来は相当怖かったらしく耳が折れて、ぶるぶると震えていた。秋生はそんな夏来のからだをなぐさめるように舐めている。透耶は「よしよし」と二匹を抱きしめた。

先ほど見えた炎と黒猫と少年の幻影はすでに消えていた。

『透耶も人型に戻ったから――』

秋生がまず先に透耶の腕から下りて、猫耳の子どもの姿になると、夏来も負けじと同じように変身した。

「あれ……透耶。なにかが違うと思ったら、猫耳と尻尾がないですね。完全な人間の姿になれています」

秋生に指摘されて、透耶は思わず自分の頭部に手をやった。たしかに猫耳がなかった。腰を確認すると、尻尾も消えている。

いきなりどうして――。

しかし、いまはその謎を追及しているひまはなかった。

「ここはどこなんだろう」

「わかりません。〈あやかしの道〉だと思います。いつも紀理様と一緒にくると、ちゃんと灯りがあって、道が見えるんです」

「そう……さっき狐火だっていってたね」

「はい。妖狐は数が多いうえに、猫よりも妖力が強いものが多いので――近くに〈狐の国〉があるんです。友好的な狐ももちろんいるんですが、紀理様に関わってくる狐というと、危険な妖術に携わっている者が多いので、ちょっと怖い印象です」

狐――工藤に化けて透耶を襲おうとしたのも、狐面の妖怪だった。奴は「奪ったものを寄こせ」といっていた。あの狐面は紀理の青い炎に焼かれてしまったから、仲間の狐火なのだろうか。

先ほどの少年の幻影は、「命を返さなければならない」といっていた。狐が妖術で見せていたと推測されるけれども、あの台詞はどういう意味だろう。「飼い主を喰った」ともいっていた。

透耶が実は「トワ」という名前の黒猫だとすると――あの幻はつまり「トワ」が飼い主の少年を喰ったといっていることになる。

まさかと愕然《がくぜん》とするけれども、〈魂喰い〉とやらの話を聞いてから、もしかしたらと疑ったことはあった。でも、紀理に「違う」と否定されたから……。

だけど、透耶が普通の猫ならば、どうして狐なんかが関わってくるのだろう。

自分は、狐面のいうとおり、あの少年を喰ってしまったのだろうか。だから、そっくりの姿かたちになって……。

ぞくりとしたとき、前方に再びオレンジ色の炎がいくつも見えた。狐火だ。

何者かがこちらに近づいてくる。狐火に照らされて、複数の和服姿の男たちが見えた。先日とは別人なのだろうが、同じ狐面をかぶった男たちだった。全員、頭部には狐の耳があり、半獣の姿だ。六人ほどいる。

あれが何者だろうと、用があるのは透耶だけだろう。敵意をもっているとしたら、なんの力もない自分には防ぐことはできない。

「夏来、秋生。……僕から離れて、逃げるんだ。ヤツらとは反対方向に走って、どこかに隠れる場所を見つけて」

「僕が一緒に行ったら、あいつらはきっと追ってくる。きみたちだけでも逃げて」

「やだよぉ、透耶も一緒に」

「やです」

夏来と秋生は頑固に首を横に振って、透耶の腕にぎゅっとしがみついた。

「お願いだよ。ヤツはきみたちに危害を加えるかもしれない」

「一緒にいますぅ」

どうやっても夏来と秋生が離れないので、透耶は途方に暮れると同時に胸が痛んだ。

僕なんかと一緒にいても――僕は、飼い主を喰ってしまった、とんでもない猫かもしれないのに。

透耶がぎゅっとふたりを抱きしめていると、狐面の男たちが近づいてきた。

みな同じ狐面だが、代表らしいひとりが前に進みでてくる。

「そこの黒猫よ、奪ったものを返せ。素直に従えば、子猫たちは見逃してやろう。あれは〈闇の狐〉のものなのだ」

先日、工藤に化けていた者と同じようなことをいう。だが、透耶には覚えがない。

「……知らない。僕がなにを奪ったっていうんだ」

「とぼけるな。主《あるじ》を喰って、化けようとも、俺たちの目はごまかせない。その強大な妖力は巧みに隠しても見るものが見ればわかるのだぞ。おまえのからだのなかには〈生命玉《せいめいだま》〉がある」

〈生命玉〉——どこかで聞いた言葉だった。紀理が説明してくれた〈魂喰い〉のなかに出てきた、とてつもないエネルギーを秘めているというものだ。

「僕がそんなものをもってるわけがない。変身することすらままならないのに。あなたたちはなにか勘違いしてる。僕は狐から物を盗んだことなんてない」

「おまえは忘れているだけだ。都合良く記憶を失ってな。……普通の者なら、おまえがただの初心猫と見えるだろう。自らも忘れることで、心を白紙として、周囲の目を欺く効果が増す。だが、俺たちには効かぬのだ」

この狐面は、透耶が自らのことを思い出せないと知っている。もし、彼のいっているのが真実だったら、自分はほんとうにあの少年を——。

黒猫とじゃれていた少年の面差しが脳裏に甦る。やさしくふれてくれた手のぬくもり。

やはり、あの少年を喰ってしまったというのか……。

茫然とする透耶に、男たちは一歩一歩距離を詰めてくる。

「おまえは〈あやかしの猫〉になるために、自らの妖力では足りぬと知って、我らの仲間に協力を求めた。そして我らの呪法と、ひとの魂を喰ってあやかしとなったのだ。だが、我らの仲間の恩を裏切って、貴重な〈生命玉〉を盗みだしたな。さあ、あれを返すのだ。おまえみたいなただの黒猫には、扱えるものではない」

狐面の男のひとりが透耶に手を伸ばそうとした瞬間、男たちの周りに浮かんでいた狐火がふっと消えた。

「なんだ」と動揺する男たちを、突如、青い炎が取り囲む。炎は男たちを包囲するように燃えさかり、やがて意思があるかのように火柱が伸びて、牙のように彼らに襲いかかる。

「紀理様！」

夏来と秋生が叫ぶのと、ほとんど同時に紀理がすっと透耶たちの前に現れた。紀理は「さがってて」と透耶にいうと、悲鳴をあげている狐たちに向き直る。

「〈生命玉〉はおまえたちにも扱えるものではないよ。あれは神々の領域にあるもの」

青い炎は容赦なく狐面の男たちの全身を覆っていく。透耶は夏来たちの手をつかんで後ろに下がった。

断末魔をあげる狐面たちを見せないように、ふたりの頭を自分のからだに押しつけるようにして引き寄せる。

炎につつまれながら、リーダー格の男がさらに紀理に詰め寄ってくる。

「馬鹿な虎め……！　おまえが仕える神になんといいわけする気だ。おまえが祝言をあげようとした、その黒猫はおぞましくも人を喰った――……」

叫びは最後までは聞こえなかった。紀理が男たちのほうに手を伸ばすと、炎はさらに巨大になった。

紀理は人型のままだったが、重なって透けて見えるその本体が――巨大な白い虎が咆吼《ほうこう》をあげているように見えた。普段も少し青みがかっているような紀理の目があやしく青く光っている。その瞳と同じ、青い業火に狐面たちは焼かれて、ふっと消えていく。

「紀理様っ、紀理様……！」

狐面たちがいなくなってしまうと、夏来と秋生は紀理に駆け寄って抱きついた。紀理はふたりを抱きとめて「よしよし」と頭をなでる。

「怖い思いをさせたね。……神代の出入り口にやつらの道を通じさせてしまった。でも、もう封じてしまったから」

「僕たちは大丈夫。透耶がぎゅって抱きしめてくれてたから平気だったよ」

夏来たちが「ねえ、透耶」と振り返る。透耶はその場に立ちつくしたまま、紀理たちのほうへ近づくことができなかった。

このまま紀理と夏来と秋生のそばに寄ってはいけないような気がしたのだ。

なにも知らなかった。あの狐面のいうとおり、自ら記憶をないものとしていたのだろうか。自分は人を喰った——。

「……透耶！」

ふらりとからだが揺れた。夏来が叫び、紀理があわてたようにこちらに駆け寄ってくる姿が見える。

自らの正体を知った衝撃と、緊張の糸が切れたことで、透耶はそのまま気を失った。

（トワ——ずっと一緒にいてくれる？）

少年の声が聞こえてくる。そうだ、「トワ」というのは、少年がつけた黒猫の名前だ。最初、少年と出会ったのは公園だった。「おいで」と彼のほうから声をかけてきた。

「大丈夫、僕はなにもしないよ」

彼はトワが人間に乱暴されたことがあるのを知っているかのようだった。どうして猫の言葉がわかるのだろう。それが不思議でたまらなくて、人間不信だったにもかかわらず、トワは少年に興味をもった。

トワには野望があった。自分はただの猫では終わらない。長く生きて、いずれは知恵のある〈あやかしの猫〉として変化するのだ、と。

ひとの世界のすぐ近くに、あやかしの世界があることを知っている。そして、あやかしたちが人界になにくわぬ顔をして現れて、人に化けて生活していることも。

最初は少年があやかしなのだと思ったから、妖怪に変化できる秘密を盗めればと思った。トワは古ぼけた家に住んでいる少年の家の庭に時おり顔をだしては様子をうかがった。そのたびに少年は笑顔で出迎えてくれて、からだをやさしくなでてくれた。

「トワ――って呼んでもいいかな。僕が名前をつけてもいい？」

ずっと野良だったから、べつにどう呼ばれてもかまわなかった。昔、子猫の頃に拾われて一時期名付けられたこともあったが、もう忘れてしまっていた。

少年は「トワ」と呼びかけながら、猫相手にいろいろな話をしてくれた。いつも明るかったが、彼があまり恵まれた環境にいないのはあきらかだった。

母親とふたり暮らしで、家は古びていたし、清潔だがいつも同じような服ばかり着ていた。子どもが好むようなゲームの類《たぐ》いも一切もっていなかった。余裕はなさそうなのに、トワが行くと必ず食べものをくれた。

彼の家にはたまにやってくる、「お父さん」と呼ばれているけれども血のつながっていない、彼を殴る大人がいた。

「お父さん」と顔を合わせると、彼はいつもからだや顔に痣《あざ》を作っていて、トワが様子をうかがいにいくと「大丈夫」といいながらぎゅっと抱きしめてきた。

大丈夫——心配げに見つめる猫を安心させるように、そして自分自身にいいきかせるように。

ぺろぺろと彼の頬を舐めると、大きな瞳からこぼれおちた水はしょっぱい味がした。

「トワ——どうして、おまえは僕の気持ちをわかってくれるんだろう。おまえだけだよ」

それはトワのほうがずっと疑問だった。あやかしでもないのに、どうして猫の自分と話せるのかと。

もう少年につきまとっていても、〈あやかしの猫〉になれる秘密など知ることはできないとわかっていた。彼はごく普通の人間だった。ただひとよりも感受性が鋭く、霊力がちょっと強いだけの、非力な子どもだった。それでもトワは少年のそばを離れることはできなかった。

彼のいうとおり、「お父さん」と呼ばれる男も、彼の実の母親でさえも、彼の気持ちをまったく理解していなかった。

トワと出会ってから、少年は小学校から中学校へと上がった。でも、まだ十三歳かそこら——遊びたいだろうし勉強もあるだろうに、少年は「お父さん」や母親に命令されて、よく家の仕事をやっていた。ふたりがパチンコなどに遊びにいっているあいだに、料理や洗濯、掃除をひとりですべてこなす。しかし本人はたいした苦ではなさそうだった。旧い家の廊下を拭き掃除しながら、「つらくないか」とたずねると、少年は「ううん」とかぶりを振った。

「楽しいよ。だってこの家は旧いけど、おばあちゃんが大事にしてたんだもの。よくこうやってこまめに掃除をしてた。……おばあちゃんがいた頃は楽しかったんだよ。お母さんもやさしかった。だけど、おばあちゃんが亡くなって、お父さんに出会ってから――」

他人の男を「お父さんと敬え」と強制されても、彼がその不満や怒りを実際に口にしたことはなかった。

「大丈夫だよ。きっとそのうちにすべてよくなるから。僕がきちんと勉強して、働いて――頑張れば、きっとうまくいく。神様はちゃんと見てくれてるから」

そういって笑っていたが、瞳はどこかいつも淋しげで、やせすぎのからだはいまにも折れてしまいそうに儚げに見えた。

「トワ。おまえの名前は『永遠』って書くんだよ。ずっと一緒にいたいから、そう名付けたんだ。化け猫になってもいいから、そばにいてほしいな」

少年は少しかなしそうだった。なぜなら、彼はもうトワがそれなりに年をとっていることを知っていたからだ。野良猫の寿命は短い。少年と出会ったとき、すでにトワは野良猫としては長生き過ぎるほどの年月を過ごしていた。

いつかは〈あやかしの猫〉になってやるのだと思っていた。だが、結局、自分は何者にもなれないまま、普通の猫として寿命を迎えるのだろう。

一生の終わりに、少年と出会えることができた。彼がくれる餌のおかげで野良猫にしてはもう少し長く生きられるだろうし、もし死んだとしても、彼がきっと泣いてくれるだろう。一匹の猫としては上出来の人生だった。〈あやかしの猫〉になってやろうという望みももはや、自分のためにはどうでもよかった。

拾われて捨てられて、時には傷つけられたおかげで人間を一時期は憎悪していたけれども、トワがほんとうに望んでいたのは、少年がやさしく頭やからだをなでてくれるような手のぬくもり――あたたかさの感じられる居場所だった。

少年はそれを与えてくれた。自分は彼のぬくもりのなかで死んでいけるだろう。

だが、彼は――？

自分がいなくなってしまったら、彼にそんな場所はあるのだろうか。「お父さん」に殴られてこっそりと泣いているとき、慰めてくれる相手はいるのだろうか。

叶《かな》うものなら、トワがずっと一緒にいてやりたかった。自分がいなくなってしまったら、しょっぱい水を舐めてくれる相手がいなくなってしまう。その水が大量にあふれたら、少年はそのうちに干涸《ひから》びて死んでしまう気がした。

おかしなことだった。トワはいつのまにか少年の母猫のような気持ちになっていたのだ。独りで生きてきたのに、彼のためならなんでもしてやりたくなってしまう。

「ねえ、トワ。このあいだね、すごく珍しい猫を見たんだよ――」

少年から、近所の屋敷の敷地内に不思議な鳥居があって、そこをくぐった猫が人間になったという話を聞いたとき、トワの野望に再び火がついた。今度は自分のためではなく、少年のために。

「トワ——僕とずっと一緒にいてね」

少年もそれは叶わないと知っていて口にしている。神様は見てくれているといいながらも、これ以上過酷で淋しい状況が続いたら彼の心もいつしか錆《さ》びついてしまう気がした。

少年に頭をなでられながら、トワは決意した。

少年が鳥居で見た不思議な猫は、間違いなく〈あやかしの猫〉だった。ようやくチャンスが巡ってきたのだ。

自分の本来の寿命はあともう少ししかないかもしれない。ならば、少年が見たという〈あやかしの猫〉に教えを請おう。自分もあやかしとなって、何百年という長寿を得るのだ。

そうして少年の願いを叶える。自分が人型の〈あやかしの猫〉になれば、彼を守ってやれるし、なんでもしてやれる。ずっとそばにいてやれる。

ただの猫の自分が妖怪になるのは、きっと簡単なことではないだろう。でも、少年のそばにいるためなら、なんでもするつもりだった。

透耶、透耶——おまえのために。

「――透耶……透耶？　あ、動いた。起きたのかな」

「……動いたね。紀理様を呼んでくる！」

どこかで聞いたようなやりとりだと思いながら、透耶は布団のなかで身じろぎした。自分は〈猫の国〉で初めて目覚めたときの夢でも見ているのか。

あのときは夏来と秋生が透耶を覗き込みながら、猫又堂の新作のおまんじゅうの話をしていた……。

「透耶？　起きた？」

透耶が目を開けると、夏来が布団のそばに座っていた。透耶を心配そうに見ていて、目が合うと、瞳を潤ませて顔をゆがませた。

「よかったぁ。起きた」

「――――」

透耶がからだを起こすと、夏来は泣きながら抱きついてきた。あたたかい重みに、透耶も思わず目の奥が熱くなった。

「透耶が目覚めないから、僕ずっと心配してたんだよ。紀理様が大丈夫だっていうけど、死んじゃったんじゃないかって」

長い長い夢を見ていた。いつもは忘れてしまっている夢の内容を今回はきちんと全部覚えていた。

夏来たちに会える現実に再び帰ってこられたのに――夢のかけらが胸に痛い。

ほどなくして襖が開いて、紀理が部屋のなかに入ってきた。秋生が「無事でよかったです」と駆け寄ってきて夏来と同じように透耶にしがみつく。

「目が覚めたんだね」

紀理は透耶の座っている布団のそばに静かに腰を下ろした。

「紀理……。僕は……」

「――なにもいわなくても大丈夫だよ。体調は平気？」

「……はい」

頭がはっきりしてくると、紀理たちの顔を見るのがつらかった。

やさしい眼差しと、与えられる清らかであたたかなぬくもり――。

でも、自分がそれに相応しくない存在だと知ってしまったいまでは、心が苦しかった。己が忌まわしく、恐ろしい……。

「――夏来、秋生。少しふたりきりにしてくれるかな。透耶と話があるから」

まるで透耶の心の動きを読んだように、紀理が夏来たちに声をかけた。

ふたりは透耶から離れて、「はい、紀理様、もちろんです」と立ち上がって、「透耶、またあとでね」と部屋を出ていく。廊下をバタバタと歩く音と「透耶が目覚めて、よかったね」「よかったね」とふたりが木霊のようにいいあう声が聞こえてきた。

よかった――のだろうか。

夏来たちが出ていってから、透耶はあらためて部屋のなかを見回した。同じような和室だけれども、匂いや空気が違う。ここは〈猫の国〉の紀理の屋敷ではない。

「ここは……人界なんですか」

「神代の家だよ。といっても、ここの離れは結界をはってあって、許可なしには人間は入れないようになってるからなにも心配はいらない。ここは俺がこちらにいるときに寝泊まりする場所だから」

では――ようやく人界にこられたのだ。あれほど自分を知るために訪れたいと切望していたのに、先ほど目覚める前に見ていた夢のせいで、透耶の心は重かった。

「あの狐たちは――何者ですか」

「少し前に〈魂喰い〉のことを話したね。奴らは〈闇の狐〉という、狐たちのなかでも少し厄介な一派でね。〈生命玉〉がとてつもないエネルギーをもっていることから、それを利用して悪事を企《たくら》む。人間や仲間のあやかしさえもだますから、手をやいているんだ。最近、妙な動きを人界でするようになったから、動向をさぐって気をつけてはいたんだ。神代の家の者に、『妖怪に憑かれて不審死したものがいる』という相談が何件が連続してきていたのでね」

あやかしが人界でひとに危害を加える場合もあるのだ。いや、自分もそのひとりなのだ。あの狐がいっていたように……。

「……それで紀理は最近忙しそうだったんですね」

「人を惑わす狐が多く出ていたからね。もともとあやかしとはそういうものではあるけれども、〈闇の狐〉たちは――一部の悪食の妖狐が人間やあやかしの魂を喰っていたんだ。でも、きみが眠っているあいだに、今回暴れていた狐たちはほぼ捕らえることができたから」

紀理の話では、透耶は一週間ほど眠ったままだったらしい。先ほど夏来が「死んじゃったかと思った」といって抱きついてきたのも納得だった。

「……悪い狐たちは……みんないなくなったんですか」

狐たちの断末魔の叫びが耳に甦る。紀理は少しいいにくそうに口許を押さえた。

「俺は一応神との旧い契約のもとに存在している虎だから、ただの殺生はしないんだ。俺の青い炎に焼かれた者の魂は、なにかに生まれ変わる。今度は狐だか猫だか、それもわからないけれども――。もっともそうしたのは首謀者の狐たちだけで、ほかの者は妖力を封じる印をかけただけだよ」

紀理はそんなこともできるのだ。「神獣」という言葉がいまさらながら胸に重く響く。

「いや……生まれ変わるといっても、あの狐たちが今生を終えたことには変わりがないね。

――俺が怖い？」

たずねられて、「いいえ」とかぶりを振った。どうやら多くの狐たちを始末したことで、透耶が紀理に怯えていると考えたらしい。

紀理がいつも「怖い?」とたずねてくるのは、決して虎と猫の単純な違いだけではなく、その神と契約しているという力を周囲に畏怖されないかと気にしているのだと察せられた。

「……紀理。狐たちが狙ってたのは、僕ですよね。初心猫とか関係なく、僕はその〈生命玉〉に関係があるんですね」

紀理は少し黙ってから、「そうだね」と頷いた。

「前に話にでたとき、どうして話してくれなかったんですか」

「あのときはまだなにもはっきりわかっていなかったんだ。俺はきみを少し変わった初心猫だとばかり思ってた。いや……そう思いたかった。きみのなかに変わったものがあることには気づいていたけど。きみ本来のものなのか、別の力なのか、うまく混ざり合っていて、わかりにくかったんだ」

思えば、紀理は透耶に最初から妖術をかけようとしなかった。人型に戻れなくて焦る透耶に、「いま、いろいろと調べている最中だから」といったのは、おそらく透耶と狐たち、そして〈生命玉〉との関係を調べていたに違いなかった。

それではもう知ってしまっているのだろう。狐たちがいっていたことが事実だと。

「僕は……思い出しました」

トワのことを――。

ずっと自分が何者なのか知りたかった。そのうえで〈猫の国〉で紀理たち三人と一緒に暮らせればいいと思っていた。でも、こんな事実が待っているのならば、なにも知らなければよかった。

「透耶……？」

目から知らず知らずに涙がこぼれていた。膝の上で握りしめた手のうえに滴《しずく》が落ちて、初めて自分が泣いていることに気づく。

紀理がそっと手を伸ばしてきたので、透耶は布団のうえをあとずさった。

「僕は――紀理や夏来たちにやさしくしてもらう資格なんてない。酷《ひど》い猫なんです」

「なにが酷いの？」

「あの狐面がいいました。僕はこの同じ顔の……男の子を喰ったんです。紀理も聞いたでしょう。『おぞましくも人を喰った』って……」

「あんな狐のいうことを信じるなんてどうかしてる。事実は、きみが想像しているものとは、少し違うよ」

「どういうことですか」

自分が〈魂喰い〉だから、あの狐たちはからだのなかに〈生命玉〉があるといったのではないのか。

「きみは――少しショックを受けるかもしれない。だから知らなくてもいいんだよ。もしくは――きみが望むなら、いまから話すことを忘れさせてあげることもできる。……たとえば夏来たちなんかはね、あの子たちも普通の〈あやかしの猫〉ではないんだ。俺が封印をかけたせいであの姿になっているから。……だから〈あやかしの猫〉になった経緯は覚えていない。本人たちが忘れたいって願ったから」

「かなしいことがあって、思い出さないように魔法をかけた」と紀理がいっていたことを思い出す。にわかには信じられないが、紀理ならば可能なのだろう。

「夏来たちは、とても酷くつらい目に遭っていて――そのせいで、もともとあった妖力が暴走化して、悪鬼のように手がつけられなくなっていた子たちでね……。いまでは変身能力もそんなにないように見えるかもしれないけど、ほんとは妖力の強い子たちなんだよ。でも、俺が約束したんだ。もう誰かを傷つけるような恐ろしい異形の者にはさせないって。だから、彼らがほんとうに心の底から癒やされる日がくるまで、子どもの姿のままなんだよ」

要するにお手伝いの工藤と同じく、夏来たちも紀理に祓われた妖怪ということらしかった。紀理の青い炎に焼かれた者は生まれ変わる。実際に焼かれなくても、そばにいることで新しい人生を送る者もいる。

夏来と秋生は幸せそうだから、それでいいのだろう。彼らはまだ子どもだから、紀理に守ってもらえる。

でも透耶はそういうわけにはいかなかった。どんなにつらくても、自分がなにをしたのか知らなければならない。

「……きみはどうしたい？」

あらためて問いかけられて、透耶はごくりと息を呑んだ。

「――教えてください、僕が何者なのか。どんな猫だったのか」

このままなにも知らないでいるなんて不可能だった。

たとえ紀理と夏来と秋生と幸せに暮らせるといわれても、透耶はトワとあの少年のことを思い出してしまった。野良猫のトワにやさしくしてくれた少年。彼がどうなったのかを知りたい。

「――そうか」

紀理は小さく息をつくと、仕方ないというように笑った。

「外に出ようか。きみに見せたいものがある」

神代の家は拝み屋稼業とのことだったが、立派な屋敷と広い敷地をもっていた。紀理が離れといった建物も、普通に住める十分な規模の家だった。

玄関を出ると、庭には樹木が多く植えられていた。時計は見てなかったが、西日から午後の三時過ぎ頃だと知る。日差しが強く、大気はむっとしていて季節は夏のようだった。蟬《せみ》の声が聞こえる。

あやかしの世界では涼しげな風が吹いていたので、空気からして違う。どちらがいいとか悪いとかではなくて、透耶にはなつかしい匂いがした。

「透耶は人界のほうがいい？　こちらに帰りたい？」

「いえ……」

そんなことを考えている余裕すらなかったので、紀理がどうして問いかけてくるのか不思議だった。なつかしいというほど過去を思い出してはいないのだ。

しばらく歩くと、神代の家の者らしい人間とすれ違った。「紀理様」とにこやかに声をかけてくる。

「透耶くんは目覚めたのですね」

穏やかな表情の和服姿の男性が透耶を見て話しかけてくる。神代の家は霊能力者が多いとのことだったが、ごく普通の人間に見えた。

男性は透耶を「透耶くん」と呼び、知人のように親しげな笑顔を向けてくる。

「そうか。……まだわからないのですね。では、また話はあらためて」

男性は紀理に頭をさげて去って行った。あやかしの世界と同様、紀理はこちらの世界でも敬われているようだった。

しばらく歩くと、庭の奥に鳥居が見えてきた。神社のような建物はない。ただぽつんと鳥居だけが立っている。『すずかぜ』の内部の鳥居のように不思議な光景だった。

家の敷地内に鳥居が――。

夢で見た記憶を思い出す。自分はこの鳥居を知っている。以前にも見たことがある。

そうだ――少年が話していたのを聞いたのだ。「鳥居を通った途端に、猫が人間になったのを見た」と。

「ここは……」

「『すずかぜ』の鳥居と通じている出入り口だよ。普段はただの鳥居だけれど。思い出さない？ きみは時々、ここにきてたんだよ」

「……〈あやかしの猫〉がいると思ったから、どうやったら普通の猫からあやかしになれるのか教えを請おうと思って……きていた？」

トワがそう考えていたのは夢に見たから知っている。不思議な猫を見つけるために、この場所にきっときたはずだ。

「それはトワの話で、きみじゃない」

「え――でも、僕はトワです。夢を見て……思い出したんです。透耶というのは、ほんとは僕にやさしくしてくれた男の子の名前なんです。僕は、その子と一緒にいるために、あやかしになりたいと願って……」

そして狐たちの誘いに乗って、道を踏み外してしまったのだろう。邪道の呪法の力を借りたことで、トワは本来の自分の姿を見失ってしまったのかもしれない。よりにもよって、あやかしになるために少年の魂を喰った……。

「違うんだ。きみはこの屋敷のすぐ近所に住んでた。神代の家が『化け物屋敷』といわれて、近所の子どもたちのあいだで不思議スポットとして有名だったのを知っているね？　きみも時々、回覧板を届けにこの屋敷にくるとき、いつもこの鳥居を『変だなあ』って眺めてた。でもきみは霊感というか霊力が強い子だったから、ここが噂だけではなく、特別な力が宿っていることにも気づいていただろう」

紀理がいっていることの意味がすぐにはつかめずに、透耶はきょとんとする。

「え……僕が回覧板を届けに、この家にきたんですか……？　だって猫なのに……。それに霊感って？」

「きみは動物の言葉がわかった。もちろんはっきりわかるわけじゃないけれども……だから、トワとも意思疎通できた。彼がいなくなってしまったあと、〈あやかしの猫〉になるために消えたのだとわかっていた。手がかりになるのはこの鳥居しかなくて、この場所にきてお祈りをしてたね。『神様、どうかトワを無事に返してください』って」

「――――」

「俺も、〈猫の国〉できみが倒れているのを最初に見たとき、どこかで見た男の子だと思ったんだ。……きみが『飼い主かもしれない男の子そっくりになってる』って話しているのを聞いて、最初は『じゃあ、人界で見た男の子の飼っていた猫があやかしになったのか』と考えた。だけど……違ったんだ。さっきすれ違った男性は、神代家の主人だ。きみが近所に住んでた子だと知ってるよ。中学生の時に『鳥居を見せてください』と頼みにきたそうだからね。トワは、きみが中学二年のときに姿を消したんだろう。そして数年後に——ついこのあいだ、きみの元に戻ってきた」

「トワは……」

記憶を閉じ込めていた硬い箱の鍵がカチリと開く。

過去の映像が再生される。そう、自分はこの場所——近所にあった不思議な鳥居を知っている。

そっくりな顔の少年が鳥居の前に立ちつくして茫然としている。最初はトワをさがして

——そして、あとになってからは神様にお願いするために、この家に鳥居を見せてもらいにきていた。

トワは消えたままだった。いや、透耶が大学生になってひとり暮らしをはじめてから、突然姿を現した。

「……トワは僕で……いや、違う。僕は、誰……？」

頭のなかが整理できずに自分自身に問いかけるように呟く。ふらつく透耶の肩を、紀理が支えるようにつかんだ。

「透耶――きみは黒猫じゃない。元は人間だったんだよ」

第五章

そうだ――思い出した。トワは、透耶がかわいがっていた黒猫だった。

トワは鳥居をいつも見にいっていたが、結局〈あやかしの猫〉には会えなかった。

そんなとき、妖狐たちに声をかけられたのだ。

（おまえはあやかしになりたいのか。だったら、いい方法がある）

自分の寿命がつきる前に――透耶のために一刻も早く〈あやかしの猫〉になろうと焦っていたトワは、狐たちに言葉巧みにだまされてしまった。狐の呪法は強力だったけれども邪悪だった。彼らの妖力によってあやかしに変化したトワは、魂を狐たちにつながれ、本来の自分をなくしてしまった。

狐たちはトワを利用したのだ。〈生命玉〉を生成するために、千とも万ともいわれる魂を食らう妖怪とするために。

トワはあやかしになったものの、呪法のせいで透耶のことは忘れてしまった。だから透耶の家にこなくなり、姿を消してしまったのだ。

その後、トワは狐たちの傀儡《かいらい》として忌まわしい日々を過ごした。幸いなことに自分が何者なのか思い出せないので、苦痛も感じなかった。ただなにか目的があったような気がしていた。切望していた願い。おそらくそれを達成するために自分はいまも魂を喰らい続けているのだと。

そして年月が経ち、トワと透耶は再会した。

六年後――透耶はすでに大学生になっており、ひとりで暮らしていた。

中学のとき、トワがいなくなってしばらくしてから、母親が透耶を捨てて「お父さん」と一緒に蒸発してしまった。ひとり残された透耶は、親戚の家に預けられることになり、不思議な鳥居のある地域から引っ越した。

だが、トワのことは忘れていなかった。だから大学生になったとき、また再び鳥居のある屋敷の近所に――祖母の旧い家に戻ってきたのだ。

もしかしたら、トワはほんとうに〈あやかしの猫〉とやらになったのかもしれない。祖母の家に戻れば、トワが会いにきてくれるかもしれない――そんなことを夢想しながら。

自分を捨てた母が事故で亡くなったと知らせがあったのは、大学に合格する少し前のことだった。

トワがふらりと透耶のもとを訪れたのは、おそらく偶然だったのだろう。彼は透耶を忘れてしまっていたのだから。いや――呪術が効いていたとはいえ、かすかに昔の記憶があったからこそ、祖母の旧い家に彼は迷い込んできたのかもしれない。

「トワ――」

透耶が縁側の掃除をしているときに、トワは庭に現れた。

透耶にはすぐにトワがわかった。似ている黒猫なんかじゃない。いなくなったとき、すでに老猫といってもよかったトワが六年経っても昔の姿で現れるのは冷静に考えるとおかしかったが、奇跡が起こったのだと信じた。神様は見てくれているのだ。トワを無事に返してくれたのだから――と。

だが、トワは他人行儀で警戒するように透耶を見ていた。「なんだ、この人間は。馴《な》れ馴《な》れしい」と思っていたのかもしれない。

本人はまったく意識してなかったが、霊力が強い透耶は、あやかしたちにとっては目立つ存在だった。子ども時代に多少なりとも微力な能力のあるものは多いが、成長するにつれてたいがいは失われてしまう。なので、子どもの頃は見逃されても、大人でそういった霊力をもつ者は標的にされやすいのだ。大学生になって、「心霊スポット」といわれる神代の屋敷のそばの家に戻ってきたことは、実は透耶にとってはあまりいいことではなかった。

あやかしたちにとって、その霊気は魅力的だったが、自分たちの存在を察知するので目障りでもある。「あいつの魂を喰え。価値がある」とトワは狐たちに早速そそのかされた。

トワは昔みたいに何度も透耶の家に通ってきた。最初は「食ってやる」と意気込んでいたのだろう。だけど、狐たちに命令されるままに透耶に襲いかかることはなかった。きっと昔の記憶がうずいて、トワは心のなかで葛藤《かっとう》していたのだ。

自分はこの人間を知っている。でも、覚えていない、と。

透耶から見れば、トワはまるきりつれない態度だったが、無視されても辛抱強く「トワ、トワ」と声をかけつづけた。

やがてトワのほうから問いかけてきた。『おまえは俺を知っているのか――』と。

透耶は「もちろん」と応えた。

「トワ……。僕が名付けたんだよ。ずっと一緒にいたいって」

小学校のときに公園で出会ってから、たびたびトワが家に遊びにきていたこと、自分が「お父さん」に殴られて泣いているときに慰めてくれたこと――それらを話すと、トワは雷に打たれたように透耶を見つめてきた。

時間はかかったけれども、トワはようやく透耶を思い出してくれたのだ。

だからその夜、業を煮やした狐たちが透耶を襲いにきたとき、仲間を裏切って助けてくれようとした。

祖母の家に狐たちは侵入してきた。おぞましい欲望にぎらぎらした狐たちは、透耶の命を狙っていた。霊力が高い人間の魂を喰らうことは、彼らにとってはもっとも価値がある行為だった。

普通の狐の妖怪ではなく、〈魂喰い〉のために呪法でさらに変化しているので、狐というよりは悪鬼のように見えた。鋭い牙と、凶器のような長い爪をもっていた。

寝ているところをいきなり取り囲まれて、透耶は最初いったいなにが起こっているのかわからなかった。暗闇のなかで不気味な狐火だけがぼんやりと光っていた。

『透耶！』

そこにトワが飛び込んできた。透耶は見た——複数の狐たちを相手に、トワが鬼のような形相になって立ち回るのを。

からだは倍の大きさになり、口は顔の端まで裂けて、耳は鬼の角のように伸び、牙が鋭く尖っていた。狐たちの呪法は、トワをあやかしとして長生きさせる代わりに、醜い異形に変えてしまっていたのだ。

それはもはや透耶の知っている黒猫のトワの姿ではなかった。だが、いくら外見が変わろうとも、中身はよく知っているトワだった。

自らがボロボロになっても、トワは雄々しく狐たちに噛みつき、牙でそのからだを切り裂いて、透耶を守ってくれようとした。

「トワ……」

だが、あまりにも多勢に無勢だった。ふとした隙をついて、狐の鋭い爪が、透耶の胸へと食い込んだ。刃物のような切れ味で肉を切り、突き刺す。爪にはまがまがしい毒が仕込んであるらしく、一瞬で気が遠くなった。

『透耶！　透耶！』

透耶が傷つけられたことで、トワは怒り狂った。六年ものあいだ狐たちに騙《だま》されて〈魂喰い〉として従わされ――そのからだからほとばしる憤りと憎悪は尋常ではなかった。すかさず透耶を狙った相手の喉笛に噛みつく。

その鬼気迫る様子に圧倒され、仲間が次々と傷つけられていく様子を見た狐たちはあわてて退散しはじめた。

すべての狐たちを追い払ったあと、トワが倒れている透耶のからだを揺さぶった。それは悲痛な叫びだった。

『透耶……！　透耶、目を開けてくれ』

もうすでに手遅れだった。狐の毒はからだじゅうに回ってしまっていた。

トワのせいじゃないのに――と透耶は意識が薄れゆくなかで懸命に力をふりしぼって、その頭に手を伸ばしてなでた。昔よくそうしていたように。自分が一番つらかったとき、唯一なぐさめてくれた、いとしい猫。

「ごめんね――もう一緒にいられないんだ」

泣くまいと思ったけれども、声が震えた。自分の命の火が消えようとしているのがわかった。

「せっかくトワが会いにきてくれたのに……ずっと一緒にいたかったけど、無理みたいなんだ」

トワは『いやだいやだ』と泣いていた。『俺はなんのために――！』と悲鳴が聞こえてきた。

「ごめんね……」

透耶にはもうそれしかいえなかった。もっと言葉をかけて、トワを慰めてやりたかったが、それ以上は苦しくてしゃべれなかったのだ。

『いやだ、俺の命をやるから――！』

それが透耶に聞こえたトワの最後の叫びだった。


神代の家の鳥居を見つめながら、透耶はすべての記憶を甦らせた。トワと再会してから、なにが起こったのか。

「トワは……僕のために……」

その場に崩れ落ちそうになる透耶のからだを紀理が支えた。

「――トワはきみを救うために、狐たちから〈生命玉〉を盗みだしたんだ。狐たちはその行方を追って、トワを見つけようとして疑わしい人間やあやかしを片っ端から襲っていった。俺の元に〈魂喰い〉が出たと知らせがきたのは、そのためだった。きみは〈生命玉〉によって、かろうじて命をつながれて、〈猫の国〉へとやってきた。狐たちはトワがきみを喰って化けて逃げてきたと勘違いしていたけれども……」

紀理がどうして事実を告げるのをためらっていたのかをようやく理解した。きみは知らないままでもいい、記憶を忘れさせてもいいといった理由を――。

「トワは……どうなったんですか」

「トワは〈生命玉〉をきみの体内に入れるために、自らの命を使った。代償なしにはできない呪術なんだ。だから――きみのなかにはトワの魂のかけらがある。きみが〈猫の国〉にやってきたのはそのためだよ。きみは人間だけど、同時に〈あやかしの猫〉でもある。トワの魂が入ったまま蘇生《そせい》したからね」

トワが自分のなかに――。

最初、〈猫の国〉で目覚めたとき、紀理は透耶が泣いていたといっていた。あれはトワが犠牲になったことを悔いる涙なのかもしれなかった。自分のためにトワを死なせてしまった――と。

「これはきみが中学生のときに書いたメモだよ」

紀理が見せてくれたのは、先ほど会った神代家の主人がとっておいてくれたものだった。透耶は中学で引っ越すときに、「もし黒猫を見つけたら教えてください」と連絡先を書いたメモを渡していったのだという。

紙切れに書かれた名前と住所は、少し幼いけれども、間違いなく透耶の字だった。

先日、工藤にお礼のメモを書きながら、どうして文字が書けるんだろう――と疑問だったが、その答えはひどく単純なものだった。

透耶は猫ではなく人間だったのだ。最初に「猫の本体」とやらが見えなかったのも、なかなか変身できなかったのも納得だった。

そして夏来たちとトランプをしたとき、ルールがわからなかったはずなのに、途中でこんなふうにトランプをするのは子どものとき以来だという記憶がよぎったのも説明がつく。

透耶が小さな子どもの頃は、まだ実の父も生きていたし、祖母も存命で、家のなかは笑いが絶えなかった。冬の日にはみんなで炬燵《こたつ》に入りながらトランプをした。楽しかった記憶が頭のなかを駆け巡る。

父が亡くなってからもまだ祖母がいるあいだは家のなかは穏やかだった。だが、祖母も亡くなり、生活のために夜の仕事をはじめた母は「お父さん」と知り合って徐々に変わっていき……。

ひとつ思い出すと、次から次へと様々な出来事が連想して思い起こされては空白の記憶を埋めていった。

淋しい猫だった――と自分のことを考えていたのは、あながち外れてはいなかった。トワに出会うまで、透耶はたしかに淋しい子どもだったのだ。居場所もなかった。

トワの記憶が自分のもののように感じられるのも、彼の魂のかけらが体内にあるから——。

「僕は……〈猫の国〉で目覚めたとき、ほんとうに自分を猫だと思ってました。いまでも……猫の感覚があります。それに実際、猫にも変身できた」

「それはすべてトワから受け継いだものだよ。きみは猫でもあるから。きみのなかに残っているトワが、一緒に生まれ変わったといえばいいのかな」

一緒に生まれ変わった——トワにずっとそばにいてほしいといったのは透耶だ。願いは叶ったけれども、あまりにもせつなかった。

「きみが最初変身できなかったのは、半分人間だったからだけど——〈猫の国〉に漂う妖気を浴びるうちに、徐々にからだが変化していったんだろう。猫に変身したきみを俺が妖術で戻さなかったのは、きみのからだがこれ以上強い妖気にさらされると悪い影響がでるかもしれないと思ったから。実際、きみは『すずかぜ』の鳥居をくぐった途端、人間の姿に戻れたからね。人の世界で生きていくなら、これ以上あやかしとしての感覚は発達させないほうがいいんだ」

すべては人間でもある透耶への配慮だった。

でも、透耶は半獣の姿になったし、猫そのものにも変身したし、確実にトワの——猫の部分はいまもある。

「……トワは……僕のなかにいるんですよね。じゃあ、トワの意識に……トワにこのからだを明け渡すことはできないんですか。だって、トワは〈あやかしの猫〉になりたがっていたんです。ほんとうの――〈あやかしの猫〉に……」

最後に見たトワの姿を思い出す。狐たちに邪悪な〈魂喰い〉の妖怪へと変化させられてしまったトワを――。

あんな姿は決して望んでいないはずだった。透耶と同じような人型になることを、彼は夢見ていたのだ。

「それは無理だよ。きみのなかに魂のかけらがあるだけで、トワ自体は――きみを蘇生させるために命を使い果たしたから」

トワはもうこの世にはいない。いま、自分がもっている猫の感覚はすべて彼から与えられたものなのに――胸がしめつけられるようで、透耶はうめく。

「……僕が一緒にいてくれって頼んだんです。化け猫になってもいいから、ずっとそばにいてほしいなって――だけど、こんなかたちで……」

声にならない嗚咽《おえつ》が漏れた。こらえきれずに泣き伏す透耶を、紀理が支えて抱きしめてくれた。

いまではもう透耶は、トワが自分をどれほど思いやってくれていたのか――その記憶を我がものとして知っている。だからこそよけいにつらかった。

トワが〈あやかしの猫〉になろうとしたのは、透耶を守るためだったのだ。非力な子どもを救おうと、彼は一生懸命考えてくれた。ただの猫では駄目だ、なにもできない――と。そうして狐たちに利用されてしまったのだ。

彼がなにを考えているのかもっと聞いていたら、止められたのに――。

「トワ……ごめんね、トワ……」

狐たちに襲われて、一度は生命の火が消えかけたときと同じように、同じ言葉をくりかえすしかなかった。もしかしたらトワに届くかもしれないから、もっとほかにも自分の思いを伝えたいのに、胸が震えて声がでてこない。

「トワ、トワ……」

(――いいんだよ)

泣きじゃくる透耶の耳にふっとどこからともなく声が届いて、目を瞠る。先日、甘味屋の『すずかぜ』で夏来たちと笑いあっているときにも聞こえてきた「よかった」と同じく、からだのなかからそれは湧きでて聞こえてくるようだった。

(おまえが幸せになるところが見たかった。すべてはおまえのためだった。だから、これでいいんだ……)

幻聴かもしれない。だけど、自分のなかからトワが声をかけてくれているのだとしたら――そう考えると、たまらなくなって、透耶は「トワ?」と何度も呼びかけた。

だが、二度とその声が聞こえてくることはなかった。透耶に自分の思いを伝えたら、満足して最後の念の残滓《ざんし》が消えてしまったように。

さらに涙があふれてきて胸が詰まる。むなしく「トワ？　トワ？」と呼びかけ続ける透耶を見て、紀理のほうが苦しそうに顔をゆがめた。

「透耶……きみにはつらいだろう。聞かせないほうがよかった」

「いいえ……いいんです。トワのことを知らずにいるなんてできない……」

話を聞いたことに後悔はなかった。自分がもっとなにかできていたらよかったのに――そのことを悔いるだけだ。

からだのなかから水分が涸れ果ててしまうのではないかというくらいに透耶は泣き続けた。それしかできなかった。

やがて顔を押しつけていたせいで、紀理の着物が涙でぐしょぐしょに濡れてしまっているのに気づいて、「ごめんなさい」と顔をあげる。

「いいよ。気にすることはない。きみが泣いてるのに、俺はなにもできない。よけいな妖力なんてあっても役たたずだ。……すまない」

紀理が謝ることではないのに――その声がひどくやさしく耳に入り込んできたので、透耶はまた泣けてきた。再び紀理の胸に顔をうずめたとき、すでにあたりは日が暮れていた。

透耶はそのまま三日ほど神代家の離れに滞在した。

久々に人界に戻ったことで体力が消耗しているらしく、ほとんどの時間を寝て過ごした。

「とにかくゆっくり休むこと」

紀理にそういわれたので、夏来や秋生たちも気を遣って騒がしくしないようにしてくれた。

静養しているあいだに、徐々に頭のなかが整理されて、気持ちも落ち着いてきた。

三日目の夜、体調が回復したと聞きつけて、神代家の主人が離れにあらためて挨拶をしにきた。

主人というには男性はまだ若かったが、透耶のことはよく覚えていた。間違いなく中学生まで近くに住んでいた「須賀《すが》さんちの透耶くんです」と証言した。祖母とも面識があったという。

自分は「須賀透耶」という人間だった。紀理が調べてくれたところ、いまちょうど大学は夏休みなので、透耶がいなくなっていた期間はさほど実生活には影響していないということだった。

透耶にはもう身近に心配してくれるような肉親はいない。大学の友人も、夏休みに連絡がとれなくても実家に帰省しているか、旅行にいっているかと思うくらいだろう。

「ねえ、透耶。透耶は自分が何者だかわかったんだから、ずっと僕たちと一緒にいられるんだよね？」

神代家の主人が母屋に帰ったあと、夏来が透耶の腕にしがみついてきた。秋生もそばによってきて笑顔を見せる。ふたりは透耶が元は人間だと知っていても、さほど気にしていないらしかった。

「紀理様、祝言はいつになるの？」

無邪気に問う夏来に、紀理は苦笑してみせる。

「透耶はずっと寝てて、やっと動けるようになったところだよ。気が早い」

「だって、こういうことは早くすすめてしまったほうがいいって、鈴さんにいわれたよ？」

紀理は困ったような顔をしていた。

それは照れているからではなくて、迂闊に返事ができないからに違いなかった。透耶はあらためて自分と紀理との関係を考えた。

もういままでとは状況が違う。

紀理が透耶と祝言をあげるつもりだったのは、普通の初心猫だと思っていたからだ。「そう思いたかった」――というういいかたを紀理はしていた。

では、透耶が人間だったとわかったいまでは……？

「透耶、僕たちの部屋で寝ましょう」

その夜、風呂からあがってきて座敷で涼んでいると、夏来と秋生が寝間着姿で透耶のそばによってきた。いままでは透耶が静養していたから遠慮していたが、ふたりは一緒に寝たいらしかった。ぐいぐいと両腕を引っ張られているさまを見て、紀理があきれたように笑う。

「夏来、秋生。透耶は疲れてるんだから、今夜は駄目だよ。まだ本調子じゃないんだ。おまえたちだけで寝なさい」

「えー」と夏来はふくれてみせたが、秋生がすぐにはっとしたようにその腕をつねる。

「紀理様、わかりました。おやすみなさいっ」

ふたりが手をつないで部屋を出ていったあと、廊下から「邪魔しちゃ駄目だよ。今夜は紀理様が一緒に寝るつもりなんだから」「あ、そっかぁ」と話している声が聞こえてきた。

狐たちに襲われる前、透耶は紀理と床をともにしていた。ただし猫の姿だったので、あくまでもひとつの布団で眠っていたというだけの意味だが。

いままでは静養中だったからひとりで寝ていたけれども、今夜はどうするのだろう。

「透耶――」

「は、はいっ」

あれこれ考えていた最中だったので、思わず声がうわずってしまった。紀理がおかしそうに目を細める。

「今後のことだけど――きみは、自分が暮らしていた家がどうなってるか気になるだろう。一ヶ月近く留守にしてるわけだからね。体調がいいなら、明日にでも一緒に見にいこう」

「は、はい……」

今後といわれてドキリとしたけれども、なんだ、そっちのことか——と拍子抜けする。

「それから……きみは〈あやかしの猫〉でもあるけれども、人界で暮らす限りはなにも問題はないから。妖気が濃い場所では、もしかしたら猫耳がでたりするかもしれないけど、普通は心配しなくても大丈夫だよ」

「はい……」

透耶が三日ほどからだを休めて気持ちを落ち着かせているあいだに、紀理もまた心の整理をつけたように見えた。

まるで祝言をあげる話などなかったかのように、透耶が人間として暮らすことを前提にして段取りをつけようとしている。

紀理は透耶が普通の初心猫ではないかもしれないと気づいたときから、人界で暮らすのに困るからとわざわざ妖術をかけないように気を遣ってくれていたのだから当然なのかもしれなかった。

祖母の家もあるし、大学のこともある。自分はとりあえず人界での暮らしをどうするか考えなければならない。でも……。

「明日出かけるのなら、もう休んだほうがいいね。きみもまだ体力が万全ではないだろうから」

「はい――」と応える声が小さくなる。

紀理も寝るつもりらしく「おやすみ」と立ち上がって、座敷を出ていこうとした。

トワのことがはっきりするまで――透耶が黒猫で人型に戻れなかったときには、紀理は「一緒に寝る？」と声をかけてくれた。しかし、今夜はそういうつもりはないようだった。

あたりまえだ。透耶は紀理が奥方にしたかったような初心猫ではない。半分があやかしで、半分が人間――しかも〈生命玉〉で蘇生した変わり種だ。

思い起こせば、人間の姿になってから、トワのことで泣いているのを抱きしめてくれたとき以外、紀理は自分にふれようとしてこない。

いままであたりまえのように頭や猫耳をなでたり、猫に変身してからはとくにスキンシップが激しくて、紀理はいつも透耶を膝のうえに乗せてくれていたのに……。

でも、いまの透耶に猫耳はない。猫の姿でもない。だから、紀理は透耶にはふれず、やさしく微笑んで「おやすみ」というだけなのだ。

〈猫の国〉にやってきてから、紀理や夏来や秋生がいつもそばにいてくれたから、透耶は孤独を感じたことがなかった。でも人間だと知ったことで、再び独りぼっちになってしまったようだった。たまらなくなって、膝のうえでぎゅっと拳を握りしめる。

「紀理……」

やっとのことで声を振り絞って呼び止めると、「なに――？」と紀理は足を止めてくれた。

そして振り返ると、ぎょっとしたように透耶を見た。

「透耶？　……きみ」

紀理はあわてたように引き返してきて、透耶のそばに腰を下ろした。まるで怪我でもしているみたいに、心配そうな様子で透耶の頭に手を伸ばしてさわってくる。

紀理がなぜ焦っているのかは謎だったが、久しぶりに頭にふれてもらって透耶は泣きそうになった。

ずっとこうしてほしかったのだと――胸が痛くなる。

「どうして耳が」

紀理の呟きを聞いて、「え？　耳？」と熱くなった目の奥からこぼれそうになっていた涙が引っ込んだ。

「……猫耳が生えてる。尻尾も……」

透耶は「え」といいながら頭に手を伸ばした。たしかに猫耳があった。〈猫の国〉で目覚めたときと同じく、半獣の姿になっているらしかった。

人界に戻ってからはずっと人間の姿だった。まさか……猫耳がないから紀理にかまってもらえないと思ったせいで、いつのまにか変身してしまったのか。

己の欲深さが恥ずかしくて、透耶は真っ赤になった。一方、紀理は真剣な表情で首をひねりながら透耶の猫耳をさわっている。どうしようかと悩んでいるようだった。

「ここは人界なのに……きみはこっちに戻れば、もう変身能力はほとんどなくなるはずだった。思ったよりも妖力の影響を受けてしまっているようだね。俺のせいだ」

べつに猫耳姿になっても、半分は猫なのだからなんの問題もないと思うのだが、紀理は深刻な表情だった。

「僕に猫耳があると、なにか困ることがあるんですか」

「――困るわけではないけれど」

あきらかになにか隠している。この期に及んでも言葉を濁されることに、透耶はかなしくなった。猫耳になったことで紀理に頭をさわってもらって喜んでいた自分が馬鹿みたいだ。

「どうして紀理は……」

もう僕に祝言をあげようとはいってくれないんですか――という問いかけをぐっと呑み込む。

いえない……そんなこと。紀理の望むような存在じゃなかったのだから、迷惑をかけるだけだ。

透耶が唇を震わせているのを見て、紀理はなだめるような目をした。

「ごめん。きみを怖がらせるつもりじゃなかったんだ。変身能力があっても、すぐには重大な問題にはならないよ。ただ、俺はきみをちゃんと人界で暮らせるようにしてあげようと思ってたんだ。ほんとは俺たちのことも、トワのことも忘れさせて、普通の人間として半分あやかしであることも意識しないですむように。でも、きみはそれを望まなかったから」

透耶は仰天した。

「あ……あたりまえです。紀理たちを忘れるなんていやです」

人界で暮らすことを前提で話されるのはともかく、紀理たちの記憶までなくされるなんてとんでもなかった。

「紀理……僕が気にしてるのはそんなことじゃありません。僕は半分猫でもかまいません。だってトワがくれたものだから。それに、僕は紀理たちと一緒にいたいのに……人間だとわかっても、それは変わりません。人界の生活をどうにかしなきゃいけないのは僕も考えてるけれど……紀理たちとは離れたくないんです。どうして僕が人界で暮らすことばかり話すんですか」

「――」

透耶が一気にいうと、紀理は驚いたように黙り込んだ。みっともなく感情をぶつけてしまって、あきれられたかと後悔したが、すぐに目を細めて微笑む顔が見えた。やさしい――そして少しせつなくなるような眼差しが。

「でもきみのなかには〈生命玉〉がある。生まれ変わりの力をもつエネルギーが……だから、下手に妖力にさらすと、いずれは人間の部分よりもあやかしの部分のほうが強くなってしまう。半分猫だから、とはいっていられない。あやかしとしての感覚は鋭くなっていって、年を追うごとに妖力も増し、きみは人ではなくなってしまう。それを防ぐためには、妖力をもつ者のそばにいないこと——俺たちから離れて、記憶もすべて消してしまうのが一番なんだ。きみがこの先も人間として生きていくためには必要なことなんだよ」

「…………」

〈生命玉〉を宿したからだで、このまま妖気や妖力にふれていれば、いずれはすべて——ほんとうのあやかしとなってしまう。紀理が自分と距離を置こうとしている真の理由。それを知って、透耶は言葉をなくした。

完全なあやかしに変化してしまう事実に怯えたのではなかった。なぜなら、透耶はすでに人間でもあり、猫でもあるのだから。実際に半獣になり、猫の獣のからだにもなり、あやかしの世界で暮らしたことで、両方の感覚が身についている。

なにもいえなかったのは、自分が情けないからだった。紀理が透耶にかまってくれないのは奥方にするような目当ての初心猫ではないから、価値がなくなったせいだと思っていた。

自分が猫だったときには、虎の紀理ともふれあって、心の底からわかりあえたと思っていたのに。でも、透耶は紀理のほんとうのやさしさをわかっていなかった。

「俺のせいなんだよ。妖力の影響を考えたら、きみがもしかしたら人間なのかもしれないと思ったときに、すぐに人界に返してしまえばよかったんだ。狐たちに襲われる可能性があるから、こっちのほうが安全だと自分にいいわけして、きみを手元においておいた。きみが家にいると、夏来や秋生もよろこぶし、なによりも俺が……」

手放したくなくなってしまって——とかすれた声で伝えられて、透耶は胸がいっぱいになった。

「そんなことは……紀理だって、すべてを知っていたわけじゃないんですから」

「いや——トワの事情なんかは調べなければ知り得なかったけど、きみが普通の猫じゃないことは最初からわかってたんだ。〈生命玉〉を宿していることと、ふたつの魂が見えることはね。ほんとは祝言をあげようっていったときから」

だから俺には責任がある——と紀理はいいたげだった。

透耶も紀理の気持ちを誤解していたが、紀理も透耶の気持ちをわかってくれていないと思った。先ほどから「一緒にいたい」と訴えているのに。

でも、透耶に少しでも迷いがあったのなら、紀理としては無理矢理あやかしの世界に引き込んで、自分のものにするわけにはいかないのだ。

だって透耶が好きになった相手は虎といっても、やさしすぎて——「大きな猫」みたいなひとだから。

「——紀理にお願いがあります」

透耶は姿勢を正して座り直して、紀理に向き直った。

「これをいうのは二度目です。三度目はいいたくないです。僕と祝言をあげてください。僕は紀理のそばにいたいんです」

まっすぐに目を見て、祈るような気持ちで透耶は訴えた。

自分はかなり図々しいことをいっているのかもしれない。そう考えると、じわじわと頬が熱くなった。

でも、一度は命の炎が消えかけたのに、せっかくトワが生き返らせてくれたのだ。おまえの幸せになるところが見たかった――トワは最後にそう伝えてきた。

透耶はその願いに応えたい。だから、そのためには、紀理の――好きなひとのそばにいたいのだ。

透耶を見つめる紀理の、不思議に青みがかった瞳がかすかに揺れて、次の瞬間笑みがにじんだ。

正座をしている透耶の膝の上の手に、紀理の手がそっと重ねられる。

「三度目はいわせないよ」

透耶の手をとって、紀理はそっと指先にくちづけてくれた。「おいで」と引き寄せられて、ようやくその体温につつまれる。

じんわりとぬくもりが沁《し》みてきて、泣きそうになった。紀理はやさしく透耶の猫耳をついばんで、「ごめん」と囁く。

「きみにそんなことをいわせるなんて――俺はこう考えてたんだ。きみがトワのことで身も世もなく泣いてるのを見たら、もうあんな顔はさせたくないって……今回のことはすべて忘れて人間の世界だけで生きていくほうがきみのためには良いのかもしれないって」

「紀理と離れても、泣きます」

「そうだね……じゃあ、こうしてそばにいて、すぐに抱きしめて慰めてあげられるほうがいいね」

耳の毛を舐めてもらって、甘い吐息を吹き込まれただけで、透耶はからだの力が抜けていく。紀理は「よしよし」というように背中をなでてくれた。しばらくすると、その手がふと止まる。

「でも……ほんとに平気？　きみは人間の記憶が戻ってるんだろう。……虎の相手をするのはいやではないの？　自分が猫だと思ってるときよりも抵抗があるだろう」

「そ、そんなことは——」

この期に及んで、まだ透耶が虎を怖がったり嫌悪していると勘違いされているのかと心外だった。「ないです」ときっぱりいうと、紀理はかすかに眉をひそめた。

「でも、耳がまだ……」

「え」

「折れてるから」

また身体的反応だけが心を裏切っているのかと、透耶はあわてて耳に手を伸ばした。すると、紀理がおかしそうに「嘘だよ」と噴きだした。

「……ちゃんと耳はピンとたってる」

「――」

からかわれたと知って、透耶は「ひどい」と訴えた。怖がってはいないのに、いつも耳が折れてしまうことで紀理を傷つけているんじゃないかと申し訳なく思っていた。それなのに嘘をつくなんて。

「紀理の馬鹿っ」

思わずそういってしまってから、さすがにいいすぎだったとハッと口を押さえる。

だが、紀理は怒った様子はなく、少し目を丸くしたものの、愉快そうに笑っただけだった。

そう――紀理は透耶がこんなことをいっても、「虎の俺を怖がらずにいいかえしてくれた」と喜ぶようなひとなのだ。

その笑顔に引き寄せられるようにして、透耶は紀理の首に抱きつく。

「……嘘です。大好きです」

紀理は透耶の頭をやさしくなでながら、「俺もだよ」と囁いてくれた。

「ほんとはね――きみが最初に〈猫の国〉で倒れているのを見つけたときから……すぐには神代の家の敷地で見かけていた男の子に似てるってことにも気づかなかった。でも、俺が抱き起こしたとき、きみはひどくかなしそうに泣いてたんだ。このあいだトワの事情を知って、鳥居の前で泣いていたみたいに、涙が涸れてしまうんじゃないかと心配になるほど。そのときはなにも事情はわからなかったけど、泣きじゃくってる顔を見て、俺がなんとかしてあげたいって」

「………」

最初、紀理と出会ったときのことを透耶は覚えていなかった。だけど、人間としての記憶を思い出すのにつれて、そのときの情景も少しずつ甦りつつあった。

トワの命と引き替えに蘇生の術を施されて、透耶は〈猫の国〉へとやってきた。記憶もなく、真っ白な頭のなかには喪失感だけがあった。

あてもなく泣きながら歩いて、紀理の家の前で倒れた。それまでふらふらと歩いているときも、途中で転んだときにも、何人ものひとが透耶をちらちらと見たが、みな関わりあいになりたくないのか足早に通り過ぎていくだけだった。

紀理は透耶の姿を見つけると、すぐにあわてたように駆け寄ってきて、「どうしたの?」と声をかけてくれた。紀理だけがためらわずに透耶を抱き起こしてくれたのだ。

大丈夫、彼はいいひとだ——そう感じてほっとしたのは、トワだったのか、自分だったのか。

「きみは泣いてたことを覚えてなくて、目覚めたときにはきょとんとしてたね。初めは泣いてる姿を見て支えてあげたくなったけど、いきなり知らない世界にきて、いろんなことにとまどいながら『にゃにゃにゃ』って表情豊かに反応してるきみはもっとかわいくて。……あのときから、俺を好きになってもらえたらいいなって――きみは時々、『子ども扱いしてる』って怒るけど、最初から俺はきみを大人扱いしてたし、自分のものにしたくて夢中だったんだよ」

告白は甘くて――そのあとに紀理がくれたくちづけは全身がしびれるほどにさらに甘くて、透耶は眩暈がしそうになった。

「一緒に寝る?」と悪戯っぽくたずねられたとき、透耶は自ら「祝言をあげてほしい」といってしまった手前、ことわれるわけもなかった。

紀理が寝ている部屋へと連れていかれて、布団のうえに緊張しながら腰を下ろす。紀理はいったん続きの間に入って、「少し待ってて」と着物から浴衣に着替えて再び寝室へと入ってきた。

天井の電灯を消されて、枕元の和風ランプの暖色の光だけが紀理と透耶の姿を照らす。

布団のうえで座って向き合うかたちになって、透耶の緊張は一気に増した。

ぶるぶると震えだす透耶の顎をやさしくとらえて、紀理がそっとくちづけてくれる。

「――怖いなら、祝言まで待つよ」

唇を離したあと、紀理はわずかに苦笑しながら透耶を見つめる。

「い、いえっ」

「でも、きみは――人間としても、経験はないよね」

「………」

あるわけがない。透耶は返事ができなかったが、真っ赤になった顔だけでたぶん伝わっていた。

中学のときに母親に捨てられてから、親戚のうちに引き取られて、さすがに恋愛するような余裕はなかった。くじけずにちゃんと勉強して、大人になったら働いて――そんなことを呪文のように自らに唱えながら生きてきたのだ。

ふれられて肌が熱くなるような甘いときめきを覚えたのは、紀理が最初だった。なにも知らないからこそ、こんなふうに自ら無謀に「祝言をあげてください」などといえたのかもしれない。

「大丈夫です。だって僕はもう決めたんですから。紀理たちと一緒に暮らして――いずれ完全にあやかしになってしまってもいいんです。だって、そうしたら、きっと紀理の赤ちゃんだってできますよね?」

「………」

紀理はなぜか悩ましげに眉根をよせて黙り込んでしまった。よけいなことをいったのかと透耶は焦る。

「……無理なんですか。僕は普通の初心猫じゃないから、やっぱりそういう奥方としての役目は——」

「いや、無理じゃないよ。可能だと思うけど」

「よかった」と笑顔になる透耶を見て、紀理はますます複雑そうな顔つきになった。

「紀理？」

不安になって声をかけた次の瞬間、紀理が透耶のからだを抱き寄せて、布団にそのまま押し倒してきた。

有無をいわさずキスをされて、透耶は目が回りそうになる。

「ん……」

きつく唇を吸われて、入り込んできた舌が口腔《こうこう》を嬲《なぶ》る。蜜がまじりあうたびに、体温がじわじわと上がっていった。息もできないくらいに長く唇を合わせられて、頭がくらくらした。

ようやく唇を離してくれたあと、紀理はどこか苦しげな表情で透耶を見下ろす。

「——きみはそうやって、わざと俺を煽《あお》ってるわけではないよね？」

「え……煽る？　いえ、僕は——」

透耶がうろたえると、紀理は「そうだよね」と苦笑した。

「あんまりかわいいことをいわないで。……興奮して抑えられなくなるから」

いつもはやさしい紀理の瞳が、熱っぽく潤んでいた。間近で見つめられただけで、透耶は胸の鼓動がおかしくなりそうだった。

紀理は透耶の寝間着の浴衣の襟元から手を入れてきて、そっと肌をなでる。指先が胸の突起にふれて、やんわりと揉《も》む。

「あ……」

胸元をいじられながら、首すじに唇をつけられて、透耶はからだを弓なりにしならせる。普段は意識もしてない場所の感覚を目覚めさせられていくようだった。

襟を大きくはだけられて、あらわになった肌を手のひらでなでて、紀理はさらに唇を落としていく。

指で揉まれた乳首に舌を這わせられたとき、からだが大きく震えてしまった。

「……や……紀理。くすぐったい……」

「くすぐったいだけ？」

紀理はそういいながら、さらに胸の突起を舐める。時々まるで猫の舌のようにざらざらすることがあって痛みがまじる。

透耶が顔をしかめると、「ごめん」と紀理は詫《わ》びるようにまた舐めてくる。今度は舌がねっとりとしていてとろけそうに甘かった。

「興奮すると、獣化する部分があるから……痛くはしないから大丈夫だよ」

そうはいってくれるけれども、紀理の息遣いは透耶のからだを舐めるごとに荒くなっていった。舌が痛いようにざらついては、また甘くなるのくりかえし。

痛みと甘さが交互にやってくる感覚が、よけいに背すじを痺《しび》れさせて、下半身の火照りへとつながっていく。

透耶が腰をもぞもぞとさせると、紀理は浴衣の合わせ目から手を入れて裾をまくり、腿《もも》のあいだへと指を伸ばしていった。下穿《したば》きの上から反応しているものを揉まれて、あわてて紀理の手を押さえようとする。

もちろんきいてくれるわけはなくて、「大丈夫だから」と額になだめるようにキスを落とされた。続いて、猫耳をなでられて舌を這わされる。耳を舐められるときは少しざらついていたほうが気持ちがよくて、強く押しつけられるたびにビクンとからだが震えてしまった。

心地よくて、うっとりする。

「いきなり怖いことはしないから」

下腹に伸ばされた紀理の手は巧みに透耶の感じるところを刺激して、あっというまに昂ぶらせてしまった。下穿きを脱がされて、じかに握られただけで、「いや」と声をあげそうになった。

荒くなる透耶の息を吸いとるようにして、紀理は唇を合わせてくる。

口を吸われながら、下腹のものをいじられていると、すぐに達しそうになって、透耶は恥ずかしくて唇を噛みしめた。

紀理の手のなかに握り込まれたそれが摩擦されて濡れた音をたてている。

「もう、で……でてしまうから、いじらないでください」

「なんで？　だしていいよ」

「でも……」

あまりにも早く達してしまうのが情けなかったが、先端を刺激されているうちにからだのなかが甘く蜜みたいに蕩《とろ》けてしまって堪《こら》えようがなかった。

ほどなく透耶は紀理の指さきを濡らした。「ごめんなさい」と真っ赤になって謝る透耶の額に、紀理は再び「かわいい」とキスを落とす。

紀理はそこでようやく帯をといて、浴衣を脱がせてくれた。自らも脱いだので、引き締まった裸体があらわになった。

紀理はだいぶ着痩せして見えるようで、着物姿のときのほっそりとした印象よりも実際のからだつきは鍛えたように逞しかった。

いつもの紀理ではないみたいで、透耶は目を合わせられなかった。

紀理は吐精してしまったもので濡れている透耶のものを手でやんわりと握って、足のあいだに顔を埋める。

さすがにびっくりして、透耶は頭を押しのけようと手を伸ばす。

「き……紀理。やめてください。恥ずかしいです」

「どうして？　恥ずかしがることはないよ」

紀理は透耶のそれを口に含んでさらに刺激した。射精していったんは萎えていたはずなのに、生温かい舌につつまれてすぐに反応してしまうのがわかる。

自分で慰めるときにも連続してすることなどなかったので、続けて与えられる快感にどうしていいのかわからなかった。

「かわいいね。……透耶はすごく反応が素直で」

握られているものはすっかり勃《た》ちあがり、紀理にふうっと先端に息を吹きかけられると待ちきれないように蜜をたらす。

紀理の目にいつもよりも青みのある光がさしていた。やはり少し獣化しているということなのだろうか。乳首を舐められたときのように、いつ舌がざらついて痛みがくるのかと怯えて、透耶はわずかに腰を引きかけた。すると、紀理が悪戯っぽく笑う。

「大丈夫だよ。さっきみたいにはしないから。気持ちよくしてあげる」

そういって再び透耶のものを口に含むと、いままでよりもきつく舌を使う。一瞬、ざらざらしたような気がしたけれども、痛みはなかった。むしろ微妙な細かい突起の凹凸が卑猥《ひわい》な刺激となって、透耶は思わず腰が跳ねそうになった。

突起のやわらかさを調整できるのか、紀理の舌で愛撫《あいぶ》されるたびに、いままで体験したことのない愉悦に強制的に絡めとられそうだった。

「いや……や……」

「気持ちいい？」

透耶はろくに返事もできなくて、涙目になりながらこくんこくんと頷いた。強烈な性的快感など味わったことがないので、ここまで激しいものだと混乱してしまう。

「や……それ、もうしないで……ください」

「いやだった？」

「――いやじゃないけど、怖い……です」

紀理は透耶の火照った顔を見ると、ふっと笑って目尻の涙を舐めるようにくちづけてくれた。

「――じゃあ、今夜はこれはやめよう」

ほっとして息をついていると、紀理は再び透耶の胸を舐めてきた。紀理も透耶が感じる強弱がわかったのか、先ほどとは違ってざらざらした感覚も心地よいものだった。

舌で舐められて、指の腹でやさしく揉まれて、突起がつんと尖る。チュッと吸われると、背中がしなるほどゾクゾクした。いじられるたびに下腹にも疼《うず》きが広がって、甘いもので満ちていく。

「紀理……や……そこばかり」

「ここも弄《いじ》るのは駄目なの？　怖い？」

「怖くはない……ですけど」

いじられすぎて、乳首が少しひりひりしていた。再び涙目になった透耶の表情から察したのか、紀理は今度は舌をざらざらさせずにただねっとりとやさしく舐めてくる。

「あ……んんっ」

思わず変な声を大きくあげるほど感じてしまって、透耶は布団の上で跳ねた。その反応を見て、ハア……と紀理の息が荒くなる。

「ほんとに感じやすいんだね」

「や——僕ばっかりじゃなくて……紀理にも、気持ちよくなってほしいです。さっきから僕だけが……」

いってしまってから、先ほどから自分はただ寝転がって喘《あえ》いでいるだけで、なにもしていないのに大胆なことを口にしたと頬が熱くなる。そんなことをいうなら、おまえになにができるのか、と。

紀理はいったん顔をあげると、おかしそうに微笑んだ。

「大丈夫。俺はすごく気持ちよくなってるよ。透耶の反応を見ているだけで興奮するから」

「そんな……」

なるべく視線を向けないようにしていたが、ふと紀理の下半身を確認するように見てしまって透耶は真っ赤になった。先ほどから目が青みを帯びた色になったり、息を少し荒らげてはいるものの、紀理の表情はいつもと変わらずさして乱れた様子はない。けれども、下腹のものはしっかりと昂ぶりを示していた。

どうしよう——と目を伏せる透耶の瞼《まぶた》に、紀理がおかしそうに笑いながら唇をつける。

「……怖がらなくても、ゆっくりするから」

かすかに震えだした透耶のからだをなだめるようにさすりながら、紀理は足を開かせて、腰を浮かせるような体勢をとらせる。

透耶は恥ずかしくて、さすがに目をかたくつむったままでいた。けれども、つながる場所に生温かい感触が伝わってきて、つい瞼を開けると、紀理があらぬところに舌を這わせているのが見えた。「にゃっ」と小さな悲鳴をあげて、すぐに足を閉じようとしたけれども、がっしりと押さえ込まれていて無理だった。

「——や、紀理……駄目、それはいや……」

「慣らさないと、つらいだけだよ。痛い思いをさせたくないから」

「でも……」

猫のときなら、からだじゅうのどこを舐められても平気だけれども、これは——。

再び目を潤ませたけれども、紀理が「かわいい」といいながら太腿にチュッとやさしくキスしてくるので、くすぐったくて身もだえた。そんなことをくりかえされているうちに徐々に緊張もとけていった。

足を大きく開いた格好で、あらためて交わるところを指と舌で丁寧にほぐされる。枕元においてあった、ぬるぬるとした軟膏《なんこう》のようなものを塗り込められて、さらに指を増やされた。

紀理とからだをつなげるためには必要なことだと理解していても、時おり羞恥のあまりいたたまれなくなった。足を閉じようとしてしまうたびに、「少し我慢して」と囁かれる。

おそるおそる再び目を開けると、眉根をよせて、どこか苦しそうな表情をしている紀理と視線が合った。青みがかった瞳が熱で色っぽく潤んでいて、唇から漏れる押し殺したような息遣いが、興奮を必死に抑えようとしているのを伝えてきた。

そんな表情をされたら、もうなにもいえるわけがなくて、透耶はすべてを紀理にゆだねるように首に腕を回してしがみつく。

——ひとつになりたい、と心の底から思う。

やがてやわらかくなった場所に、紀理の硬いものが押し当てられた。ハア……と紀理は堪えきれないように息を漏らす。紀理のそれは熱くて大きくて、先端を入れられただけで、からだが引き裂かれるような気がした。

「——平気？」

すぐにはからだを進めずに、紀理は透耶の額やこめかみになだめるようなキスを落としてくれた。

やさしく顔を舐められているうちに、こわばってしまったからだの力も抜けていく。ゆっくりと腰をすすめて、紀理は透耶の体内に自分のものを埋めた。

じわじわと紀理とひとつになっていく感覚に思わず声が漏れる。

「あ——」

「透耶……」

紀理は透耶の吐息を唇で吸いとってくれた。

つながった喜びに、からだがどこをさわっても蕩けだしてしまいそうな濃厚な甘さで満ちる。

紀理はしばらく透耶の狭い場所を静かに味わうようにじっとしていたけれども、キスで唇をふさぐたびに、まじりあう呼吸が乱れてくる。

やがて我慢しきれなくなったように、紀理は腰を動かしはじめた。硬い肉が下肢を裂いていく甘い痛みに、透耶はかすれた声をあげる。

「……紀理。あ——」

徐々に腰の動きが激しくなっていき、からだの奥深いところまでつながれる。体内でさらに肉がみっしりと重量を増したように感じられて、眩暈を覚えそうになる。

怖くなって、透耶が反射的に布団のうえをずりあがって逃げようとすると、紀理はそれを許さずに腰を押さえて引き戻す。さらに奥を穿《うが》たれて、息も絶え絶えになった。

「透耶……いい子だから」

紀理は透耶のからだを折り曲げるようにして、甘い囁きを耳もとに吹き込みながら、腰を揺らす。

逞しい肉は透耶の敏感な内側を刺激して、さらに深い悦びを引きだそうとしていた。

「や——」

細い声をあげているうちに、酸欠状態になったように頭のなかが痺れてきて、くらくらした。

腰を荒々しく振りながら、時おり透耶のことを気にして「ごめん」と呟く紀理は、快感を覚えているというよりはやはり痛みを堪えているような表情をしていて、艶っぽい色気が滲《にじ》みでていた。興奮があらわになればなるほど、その目は青みがかってきて——。

やがて透耶は目にした——ぼんやりとだけれども、自分を揺さぶっている紀理のからだに、本体の白い虎の姿がうっすらと重なっているのを。

まるでほんとうに大きな獣にのしかかられているみたいだった。怖くはなかった。首に抱きついたとき、いつか背中に乗せてもらったときに鼻をこすりつけたような手触りのいい毛並みが感じとれたようにすら思えた。

こうして本体の姿が見えるのは、紀理がほんとうに本心から透耶をいとしく思って、欲して抱いてくれている証拠だった。

「ん――」

きつく唇を吸われて、息がとまりそうになる。再び腰をかかえなおされて律動をくりかえされると、内部を穿たれる刺激で透耶の下腹のものは再び吐精した。

心地よさにからだが震える。全身が火照って、汗が噴きだした。

透耶が達したのを受けて、紀理はひときわ荒々しく腰を振った。もうこれ以上激しくされたら壊れてしまう。恐怖と背中合わせの恍惚《こうこつ》に背中がぞくりとしたとき、ようやく紀理の熱情が体内で弾《はじ》けた。

「……透耶……」

紀理はつながったまま、透耶の唇を吸ってくる。透耶は弾む息を整えて、なんとか「大好き……」と口にしたところで意識を手放した。

翌朝、目覚めてみると、紀理は布団のうえに上体を起こしたまま寝ている透耶を見つめていた。

障子窓から差し込む朝日がまぶしかった。光に照らされている紀理の端整な顔はとても凛々しく美しくて、透耶は何度か瞬きをくりかえしたあと、はっとしたように浴衣の前を合わせて身を起こす。

「……おはようございます」

「おはよう——よく眠れた？」

「はい」と頷いたものの、朝から胸の鼓動が速まるばかりだった。眠っているあいだにだらしない顔を見られていたのではないかと、透耶はうつむいて目を伏せる。

紀理がなかなか透耶の顔から視線をはずしてくれないので困った。ちらりと見上げると、まともに目が合う。

「どうしたの？　気分でも悪い？」

「いえ、そんなことはないんですが……紀理がじっと見るから。……見ないでください」

「なぜ？」

「だって……」

あまり見つめられると、昨夜の睦《むつ》みあった記憶がまざまざと呼び起こされて、頬が火傷《やけど》でもしたように熱くなってしまうのだ。

「そんなに恥ずかしがられると、俺が困る。透耶は自分から俺にプロポーズしてくれたわりには、恥ずかしがり屋なんだね」

「あれは勢いです……」

「――そうか」

紀理は笑いながら透耶の頭をなでると、猫耳に軽くキスをしてくれた。ほっとして、喉をごろごろ鳴らしたくなる。

「透耶……昨日はきみにいわせてしまったけど、落ち着いたら祝言をあげよう。俺と一緒になってほしい」

あらためて手を握られて囁かれて、透耶は「はい……」と頷く。すでに心は決まっていた。紀理の腕のなかにいると、からだだけでなく、心があたたかいもので満ちる。

「――ところで、真っ先に報告しなきゃいけない相手がいるんだけど。告げたら、もう後戻りはできないけど、いいかな」

紀理に悪戯っぽくいわれて、一瞬きょとんとしたけれども、すぐにその相手が誰だかはわかった。

その日の朝食は、なぜか特別豪華だった。いつもは神代の家のひとがもってきてくれるらしいのだが、今日は夏来と秋生がせっせとお盆を運んで母屋と離れを往復していた。

座卓に並んでいる料理を見て、まさか紀理が早速お祝いのために用意したのだろうかと思ったが、座敷に現れた紀理も「なんだ、今日は朝からどうしたんだ」と驚いていた。

「工藤さんです」

秋生がきりっとした顔つきで答える。

「僕たちが〈猫の国〉の家をずっと不在にしているので心配してて――透耶が具合が悪くなったので静養していると伝えてもらったら、今朝工藤さんもこっちにきて、透耶のからだがよくなるように特別製の朝ごはんをつくってくれたんです。神代の家のひとの許可をとって台所をお借りしました」

「透耶、よかったね。工藤さんも、透耶の体調を気にかけてるんだよ」

夏来が笑う。思いがけないところからも気遣いをしてもらって、透耶は驚くと同時に感謝した。

「あの……工藤さんに会えるのかな。今日こそお礼をいいたい」

夏来と秋生は顔を見合わせて、「ううん」とかぶりを振った。

「工藤さんはやっぱり僕たちや紀理様以外のひとと会うのはちょっと……でも、お手紙を預かってきたよ。このまえ透耶がお礼を書いたことがやっぱり相当うれしかったんだね」

夏来が渡してくれたのは、すかし模様の入った高級そうな和紙の手紙だった。シャイというだけあって、小さく細い字で「からだに気をつけてください。いつも見守っています」とまるで母親が我が子にあてるような文面が控えめに綴《つづ》られていた。見守っているといっても、こちらは工藤を見たことはないのだが……。

うれしいことには違いないが、正直、反応に困って手紙を開いたまま沈黙する透耶に、紀理がおかしそうに笑う。

「きみは工藤を見たことがなくても、工藤はあの家で俺たちと過ごすきみを見てるから――家族のように心配してるんだよ」

見えない家族のようなひとに、自分は心配されている。残念ながら、透耶はほんとうの家族の縁にはなかなか恵まれなかったが、紀理の家に住むひとたちには認めてもらっているのだ。そう考えると、工藤の手紙はとても心強かった。

美味しい朝食を食べ終わったあと、透耶は工藤に「ありがとうございます」と返事を書いた。

夏来たちが「渡してくる」と立ち上がるのを見て、紀理が「待ちなさい」と呼び止めた。

「その前に――おまえたちに話があるから、座りなさい」

夏来と秋生は顔を見合わせると、「はい」と座卓の前に座り直してぴっと姿勢を正す。

「おまえたちも気にしてたみたいだから、早く伝えておこうと思って。透耶と一緒になることになったよ。透耶は人界の生活のこともあるし、祝言の日取りはまだ少し先になるけれども」

「…………」

てっきりふたりはすぐに「わーい」と飛び跳ねて喜んでくれると思っていたのに、なぜか固まったように動かなくなった。話が聞こえなかったのか、もしくはほんとうは紀理と透耶が祝言をあげるのがいやだったのかと心配になったほどだ。

拍子抜けして、透耶が紀理とふたりで「どうしたんだろう？」と目線をかわしていると、時間差で夏来と秋生がぴくりと動いた。

ふたりはいつものように顔を見合わせると、「わ」というように口を大きく開く。その後も「わわわ」と示し合わせたように驚きの声をあげて——紀理と透耶に向き直った。

ふたりはなにかいいたげに見えたけれども、ふいに同時にくしゃっと顔をゆがめると、「わああん」と泣きだした。

「な、夏来？　秋生？」

透耶はあわてて立ち上がり、ふたりのそばへと駆け寄る。紀理もびっくりした様子でふたりのそばへと腰をおろして「どうしたんだ」と顔を覗き込む。夏来は声をあげて盛大に泣き続け、秋生はひっくひっくと胸を鳴らしながら涙を流している。

「どうしたの？　なんで泣くの？」

なだめるようにふたりをなでてやったが、秋生は泣いているせいで声がでないようだった。

夏来は真っ赤になった目をこすりながら、透耶の腕にしがみついてくる。

「……じ、じゃあ、透耶はずっと僕たちと一緒に暮らしてくれるんだね？」

「——」

「ぼ——僕たち、紀理様も祝言のことをはっきりいわないし、もしかしたら……もう駄目になったのかなあって。よ、よかったぁ」

そういうと、夏来はまた大声をあげて泣きはじめた。秋生も涙をぬぐいながら「うんうん」と頷いている。

昨夜、「祝言はいつになるの?」とはしゃいで質問していたのに、実はその裏で心配させていたのだと知って胸が詰まった。

今朝もずっとふたりは明るかったのに、笑顔の一方でそんなことを考えていたのかと——透耶はたまらなくなって、抱きついてくるふたりの小さなからだを抱きしめた。

そう——子どもとはそういうものだった。自分もつらいことがあっても「なんでもない」という顔をしていた。だけど、ずっと淋しかった。わかってくれたのはトワだけで……。

「うん……ごめんね、心配させて。一緒にいるから、大丈夫だよ」

よしよしと背中をなでながら、目の奥に熱いものが込み上げてくるのをこらえきれなかった。

トワのことで涙が涸れ果てるほど泣いたから、もう涙は見せまいと思っていたけれども——潤んだ目で紀理のほうを見ると、「仕方ないね」というように見守るような表情で微笑んでいた。

夏来と秋生のあたたかな体温を感じながら、透耶はあらためて幼い孤独を救ってくれた黒猫のことを考えた。

透耶にとってトワがそうだったように、いまはこうして透耶を必要としてくれている子たちがいる。

こうしてきっと想いは巡り巡っていくのだと——しがみついてくる小さな背中に回した腕にぎゅっと力を込めた。そんな透耶の肩を、紀理がそっと支えるように抱き寄せてくれた。自分にも新しい家族ができたのだと——そう実感した。

「あら、おかえりなさい」

人界の神代家の離れからようやく戻ってきた日——『すずかぜ』の鳥居から出てくると、鈴がにっこりと出迎えてくれた。

ここに泊まった夜に、透耶たちが狐たちによって鳥居に吸い込まれるのを防げなかったことを気にしていたらしく、鈴は透耶の顔を見るなり頭をさげた。

「紀理様に頼まれてたのに、鳥居が変なやつらの道につながれてたのを気づかなくて……守れなくてごめんなさいね」

「とんでもないです」と透耶は恐縮してかぶりを振った。

店にはミミズクもきていた。「たまたまあんみつを食べにきた」ということだったが、鈴に「嘘よ。今日、紀理様たちが戻ってくるっていうので、『元気なのかな』って心配して待ってたのよ」とばらされて、少しあわてた顔をしていた。

「ありがとう、ミミズク。心配してくれて」

「おう、無事でよかったな」

ミミズクが鷹揚に頷いてみせる横で、夏来と秋生が「なんでミミズクって無駄に偉そうにするの？」「自分を大きく見せたいひとはそうするらしいよ」とこそこそと囁きあった。「うるさいよ、きみたち」といわれて、いつものように笑いがわきおこる。

「――そうだ、いいものがあるのよ」

鈴が思い出したように差しだしてきたのは、〈猫の国〉のあやかしたちの衣装店のカタログだった。

ぱらりとめくって、すべて女性ものの白無垢《しろむく》やウェディングドレスで占められているのを見て、透耶はそっとカタログを閉じた。

どうやら以前、祝言のことを夏来たちに相談されたときに用意してくれたものらしい。

「えー、なんで透耶見ないの？」

夏来はカタログをとると、秋生と一緒にテーブル席に座って早速ページをめくりながらあれこれといいはじめた。

「これがいいよ。白無垢、綿帽子っていうやつ」

「いや、透耶は洋装のほうが似合う。ねえ、紀理様もそう思いますよね？」

秋生に同意を求められて、紀理はどれどれとページを覗き込んでから、「そうだな……」と真剣な顔で悩む。

「——ちょっと。紀理までなんなんですか。僕は男ですよ」

紀理と祝言をあげるといっても、さすがに人界の記憶を取り戻したいまとなっては、男の自分が花嫁衣装を着るのは変だと認識している。

だが、そんな人界の常識は通用しないらしく、夏来たちだけではなく、鈴やミミズクにまで「だから、どうした」という目で見られてしまった。

「だから……あの、僕は男だから、花嫁衣装は着ないんだよ。それは女のひとのものだから」

「ええ？」

夏来と秋生は「初めて知った」というようにショックを受けた顔で黙り込む。「え」と透耶のほうが驚いていると、ミミズクが補足説明をしてくれた。

「前にもいったけど、あやかしには性別なんてあんまり関係ないんだよ。生物的な観点がないっていうのもあるし、あとは男にも女にも化けたりするのが可能なやつもいるから。男女の違いがさして問題じゃないから、紀理だっておまえを奥方にするんだろ」

なるほど、性別の垣根がないのはそういう理由もあるのか——と妙に納得したものの、自分がウェディングドレスを着るかどうかは別問題だった。

「僕は駄目だよ。似合わないもの。女のひとに化けられないし」

「でも、ミミズクなんかも女のひとに化けてるわけじゃないのに、よく女の人の着物着てるよ？」

「あれは特殊例で、本人が望んでるから」

ミミズクが「特殊例ってなんだよ」と唇を尖らせる。

「透耶が着たらミミズクよりも綺麗だと思うのに」

「僕もそう思います」

夏来と秋生は納得がいかないように「着てほしい」と不服そうな顔を向けてくる。

「着て着て」「似合います似合います」とふたりにせがまれると、透耶としてもこんなに望まれているのだから——と一瞬押し切られそうになったものの、やはり駄目だとかぶりを振った。

「えー」

「透耶が嫌なら……わかりました」

夏来はまだ不満そうだったが、秋生はものわかりよく引き下がってくれた。

「ごめんね」と透耶が謝ると、「いえ」と秋生は照れたように頷く。一方、夏来はぶーっとふくれた。

「どうして秋生はすぐにあきらめるの？　ずるい。透耶の前でいい子になって」

「なにいってるんだ。僕はおまえみたいにわがままじゃないんだ」

「なにぃ」とふたりは睨みあい、「えいえい」とこづきあいの喧嘩《けんか》がはじまった。

鈴は「まあ、微笑ましい」とニコニコしていたが、透耶はあわててふたりのあいだに入った。

「こらこら、お店にお邪魔してるんだから、騒がないで」

仲裁すると、夏来と秋生はぴたりと動きを止めて、「ふん」と顔をそむけあったものの、ふたりともなぜか示し合わせたように同時に透耶に「ごめんなさい」と抱きついてきた。

それを見ていた鈴が「まあ……うるわしい」と例によって手を握り合わせながら感激したように呟く。

「――だけど、わたしも透耶さんには似合うと思うんだけど、着ないの？」

あらためてたずねられて、透耶は「すいません」と謝った。

「鈴さんがせっかくカタログを用意してくれたのに」

「そんなことはいいのだけれど……祝言をあげないわけではないんでしょう？　透耶さんのいろいろ込み入った事情は聞いたけど、こちらで暮らすのよね？」

込み入った事情――では、透耶が何者かということを、もうすでに鈴たちも知っているのだ。

大事にしていた黒猫に助けられて、〈生命玉〉で甦った人間であること。そして猫の魂をもらったことを。

トワと透耶のかかわりを聞いて、鈴やミミズクのようなほんとうの〈あやかしの猫〉はどう思うのだろうかと気になった。透耶はいいかえれば、トワの犠牲があって生きているのだ。

「はい……。そのつもりです」

決意もあらたに頷くと、鈴はほっとしたように微笑んだ。

「そう、よかったわ」

「おめでとさん」

横からミミズクも声をかけてくれた。

もしかしたら透耶が人間だったことで――結局は猫のトワを助けてあげられなかったことで、ミミズクたちとのあいだに溝ができてしまうかと心配していたが、ふたりの態度は変わらなかった。

ここにも自分を認めてくれているひとがいる――と透耶は無性にうれしくなった。

「だって、俺にはおまえが猫に見えるもん。人間にはおまえが人間に見えるんだろうけど。それに、たとえ人間に見えたって、変わんないよ。紀理なんて虎だし」

ミミズクは応援のつもりなのか慰めだかなんだかわからないが、そんなふうにもいってくれた。

あんみつをごちそうになったあと、透耶たちは『すずかぜ』を出た。紀理の屋敷に戻るために街の大通りを四人で歩いた。

透耶と紀理の前に並んでいる夏来と秋生は、先ほど喧嘩したと思っていたのに、すでにもう仲直りしていて手をつないでいる。

「――花嫁衣装、着ないの？」

紀理にからかうように問われて、透耶は「どうしたものか」と悩んでしまった。

「紀理は着てほしいんですか」

「いや――格好なんてどうでもいいよ。きみがいてくれれば」

いきなり街の往来でそんなことをいわれて、透耶は赤面した。またからかわれているのかと思ったが、紀理が微笑みながら見つめてくるので「はい……」と素直に頷いた。

こうして〈猫の国〉に戻ってきて、紀理たちと並んで歩いていると、まるで何事もなかったかのように平和だった。トワのことを思い出さないまま、自分を猫だと信じて暮らしていたときと同じように。

結局、人間としての暮らしはどうすることになったかというと――透耶は〈猫の国〉の紀理の屋敷から大学に通うと決めた。

トワの記憶を取り戻したおかげか、少しずつ半獣から人間への変身のコントロールも自由にできるようになった。紀理も透耶がせっかく頑張って入った学校なのだから卒業すればいいとすすめてくれたのだ。

初めは人界か〈猫の国〉かどちらかを選ばなければならないと思っていたが、紀理に「俺も仕事で人界にはよく行くし、ミミズクだってそうだよ。透耶の場合はそれが大学に変わっただけだ」といわれてずいぶん気が楽になった。

祖母の旧い家も手入れのために週に何回かは掃除にいこうと考えている。そして家の庭にはトワのお墓を作るつもりだった。自分の命を救ってくれた——そしていまも透耶のなかに魂を残してくれている、いとしい猫のために。

トワはいまの透耶を見て、どう思っているだろうか。自分を大事に思ってくれるひとと、自分が大切だと思えるひとがたくさんできた。透耶が幸せになることを望んでいたのだから、きっと喜んでくれているはずだった。

猫を抱きしめてひとりで泣くしかなかった子どもが——やっと新しい居場所を見つけることができたのだから。

目の前をゆく夏来たちが早足になって屋敷の門の前へと辿り着き、扉を開ける。

「たーだいまっ」

ふたりが手をつないでそろって門のなかへと入った。透耶と紀理も並んでそれに続く。

ニャア——とどこかでうれしそうに黒猫が鳴いている声が聞こえるような気がした。

あとがき

はじめまして。こんにちは。杉原理生です。

このたびは拙作『猫の国へようこそ』を手にとってくださって、ありがとうございました。

今回は猫耳ファンタジーとなっております。同人誌で書いたお話が元になっていますが、文庫にするにあたってキャラクターやストーリーは一新しました。

主人公の透耶のような美少年な猫耳はもちろん好物なのですが、脇役のちび猫たちを書くのがとても楽しかったです。

趣味を優先させたばかりにちび猫たちの出番が多すぎてしまったような気がして、バランス的にどうなんだろうと思わなくもないのですが、猫耳っ子たちを思う存分に書けて満足でした。読んでくださった皆様にもその部分の楽しさがうまく伝わればよいのですが。

さて、お世話になった方に御礼を。

イラストはテクノサマタ先生にお願いすることができました。猫耳の話を書こうと考えたときから、イラストはもうテクノ先生しかいないと決めていました。キャララフの段階からかわいい子たちの絵が送られてくるたびに興奮し、カバーイラストを見たときにはその可憐な美しさに歓喜いたしました。子どもたちを表紙にだすのが悲願だったので、四人そろった絵がうれしかったです。背景のひとつひとつがストーリーに関連していて、とても細かく凝っているのにも感激いたしました。本文のイラストについても場面ごとにキャラクターの表情が豊かに描かれていて、すごく魅力的です。お忙しいところ、ほんとうに素敵な絵をありがとうございました。

お世話になっている担当様、今回はかなり前から締切りに関して念押しされていたにもかかわらず、予定通りに原稿があがらず、ご迷惑をかけてしまって申し訳ありませんでした。イラスト指定でちび猫たちを結構入れてくださったのがうれしかったです。原稿を早くあげられるように努力いたしますので、今後ともどうぞよろしくお願いいたします。

最後になりましたが、読んでくださった皆様にも、あらためて御礼を申し上げます。

今回は愛らしい猫耳たちを楽しんでいただければと思います。主人公の透耶やお相手の紀理はもちろん、いろんなキャラクターを書けて楽しかったです。恋愛部分はゆったりペースですが、わたしらしいまったりムードなカップルなのではないかと思っています。

黒髪猫耳美少年、ちび猫、レトロな異世界にあやかしたち——と今回は好きなものばかりをミックスさせたお話となりました。拙いながらも一生懸命書きましたので、読んでくださった方にも楽しんでいただければ幸いです。

杉原　理生

✦初出　猫の国へようこそ……………書き下ろし

杉原理生先生、テクノサマタ先生へのお便り、本作品に関するご意見、ご感想などは
〒151-0051 東京都渋谷区千駄ヶ谷 4-9-7
幻冬舎コミックス　ルチル文庫「猫の国へようこそ」係まで。

幻冬舎ルチル文庫

猫の国へようこそ

2014年12月20日　　第1刷発行

✦著者	杉原理生　すぎはら りお
✦発行人	伊藤嘉彦
✦発行元	株式会社 幻冬舎コミックス 〒151-0051 東京都渋谷区千駄ヶ谷 4-9-7 電話 03(5411)6431［編集］
✦発売元	株式会社 幻冬舎 〒151-0051 東京都渋谷区千駄ヶ谷 4-9-7 電話 03(5411)6222［営業］ 振替 00120-8-767643
✦印刷・製本所	中央精版印刷株式会社

✦検印廃止

万一、落丁乱丁のある場合は送料当社負担でお取替致します。幻冬舎宛にお送り下さい。
本書の一部あるいは全部を無断で複写複製（デジタルデータ化も含みます）、放送、データ配信等をすることは、法律で認められた場合を除き、著作権の侵害となります。

定価はカバーに表示してあります。

©SUGIHARA RIO, GENTOSHA COMICS 2014
ISBN978-4-344-83314-2　C0193　Printed in Japan

本作品はフィクションです。実在の人物・団体・事件などには関係ありません。

幻冬舎コミックスホームページ　http://www.gentosha-comics.net

「幻冬舎ルチル文庫」
大好評発売中

『薔薇と接吻《キス》』
杉原理生
イラスト 高星麻子

「きみは俺をいつか忘れる」そう言って、子供の頃から一緒に暮らしていた櫂が律也の前から姿を消した。しかしその時櫂は、二十歳になるまで自分のことを覚えていたら迎えに来る——という約束も残していった。そして五年後。約束の日を待つ十九歳の律也の前に現れたのは、律也のことを忘れてしまい『夜の種族』に変化した櫂だった……。

本体価格619円＋税

発行●幻冬舎コミックス　発売●幻冬舎

「幻冬舎ルチル文庫」
大好評発売中

発行●幻冬舎コミックス　発売●幻冬舎

「幻冬舎ルチル文庫」
大好評発売中

「夜と薔薇の系譜」
杉原理生
イラスト
高星麻子
二十歳の誕生日を境に、ヴァンパイア・櫂の伴侶となった〝浄化者〟の律也。一緒に過ごす時間の少なかったふたりは、ようやく新婚旅行ともいえる旅に出て別荘で蜜月を過ごすことに。しかしその後、過去の浄化者について調べているうちに、今は律也と共にいる石の精霊・アニーにも関係があるらしい悲しい事件のことを知り——。待望のシリーズ第3弾。
本体価格630円＋税

発行●幻冬舎コミックス　発売●幻冬舎

「幻冬舎ルチル文庫」
大好評発売中

発行● 幻冬舎コミックス　発売● 幻冬舎

「幻冬舎ルチル文庫」
大好評発売中

元カレの太一に「友達として仲直りしよう」と言われ、驚きつつも承諾してしまった真紀。年上の余裕を見せなければと意地を張っているが、恋愛経験のあまりない真紀は太一の言動に戸惑ってばかり。「友達」と言ったくせに、頻繁に食事に誘ってきたり、キスをしてくる太一のことがよくわからない。本当はまだ太一のことが好きな真紀は切なくて……。
竹美家ららイラスト
杉原理生
［赤ずきんとオオカミの事情］
本体価格571円+税

発行●幻冬舎コミックス　発売●幻冬舎